AF131619

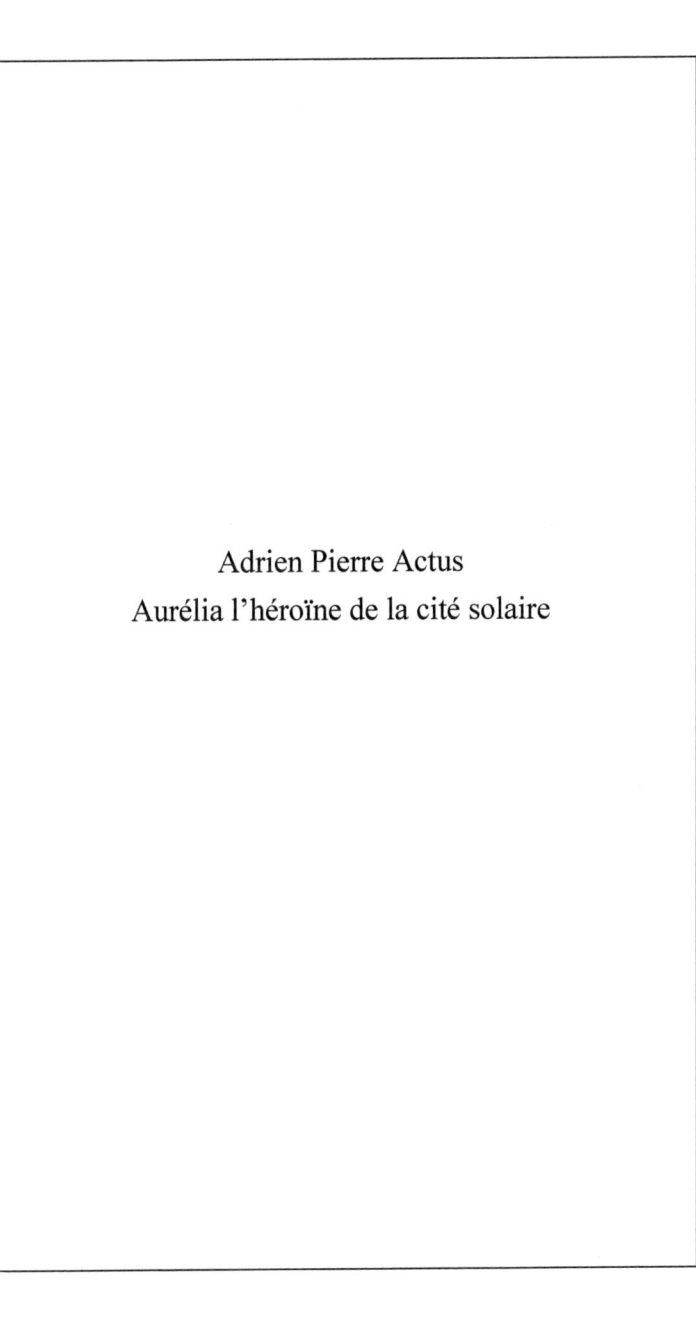

Adrien Pierre Actus
Aurélia l'héroïne de la cité solaire

Adrien Pierre Actus

# Aurélia l'héroïne
# de la cité solaire

Fiction

Un monde où vieillir est devenu un crime

# Introduction

*Ce livre est une œuvre de fiction. Les noms, person-nages, lieux et événements décrits sont le fruit de l'ima-gination de l'auteur et toute ressemblance avec des per-sonnes réelles, vivantes ou décédées, ou des événements ou lieux réels serait purement fortuite. L'histoire racon-tée dans ce livre aborde des thèmes matures et contient des scènes qui peuvent être choquantes pour des mineurs ou personnes impressionnables. Par conséquent, la lec-ture de ce livre est déconseillée aux personnes sensibles ou âgées de moins de 18 ans. Les parents sont fortement encouragés à exercer leur droit parental et vérifier si les scènes contenus dans cet ouvrage sont de nature ou non à interférer sur le psychisme de leurs enfants avant de permettre la lecture de ce livre. L'auteur et l'éditeur déclinent toute responsabilité pour toute réaction néga-tive ou dommage qui pourrait résulter de la lecture de cet ouvrage. Le lecteur assume l'entière responsabilité de sa décision de lire ce livre. En dépit de ces avertisse-ments, cet œuvre littéraire offre une exploration fasci-nante d'un monde dystopique[1] où vieillir est considéré comme un crime. Il pose des questions saisissantes sur la valeur de la vie, la nature de la justice, et le rôle de la*

---

[1]Forme de récit de fiction se déroulant dans une société imaginaire dont les défauts y sont dénoncés.

9

*jeunesse et de l'âge dans la société. Pour ceux qui sont prêts à se confronter à ces thèmes, ce livre promet une lecture captivante et stimulante.*

## Avant-propos

Bienvenue dans le monde d'Aurélia, un monde où le vieillissement est devenu un crime. Dans cet univers dystopique, la jeunesse est vénérée et ceux qui ne correspondent plus à ses critères sont déclarés improductifs. Ils sont condamnés à mort, sans appel, sans procès, simplement parce qu'ils ont vieilli. Dans ce monde, les personnes âgées, naguère respectées pour leur sagesse et leur expérience n'ont plus aucune audience de nos jours, et sont aujourd'hui considérées comme des criminelles. Elles sont accusées d'avoir contribué à la pollution des villes et des campagnes, d'avoir mis en danger l'avenir de la jeunesse et des générations futures. Pour ces crimes sans prescription, elles sont condamnées à payer le prix ultime. C'est un monde cruel, un monde qui n'appartient plus à Aurélia. Un jour, elle a cessé de correspondre aux critères de jeunesse qui prévalent dans ce monde. Elle est devenue une paria, une moins que rien, simplement parce qu'elle a vieilli. Mais Aurélia refuse d'accepter ce sort, elle est déterminée à lutter contre cette injustice, à défendre le droit de vieillir en paix. Ce livre raconte son histoire, son combat pour la justice et la dignité. Ce monde est une création de l'imagination de l'auteur. Il est destiné à provoquer une réflexion sur la valeur de la vie, la nature de la justice, et le rôle de la jeunesse et de l'âge dans la société. Préparez-vous à entrer dans le monde d'Aurélia, un monde qui pourrait bien changer votre façon de voir le vieillissement et la jeunesse.

## Prologue

Accompagnée de son petit-fils Olivier âgé de six ans, Aurélia déambule tranquillement ce soir de décembre de l'année 2126 dans la petite rue brillamment éclairée de son quartier, le temps est très doux pour la saison, même pas un souffle de vent en provenance du nord pour rappeler que c'est l'hiver. Les lumières festives des décorations de noël scintillent autour d'eux, créant une atmosphère féerique. Olivier, s'émerveille devant les vitrines animées des magasins, ses yeux pétillants de joie. Aurélia, malgré ses soixante-neuf ans bien sonnés, ressent une vague de bonheur au fond d'elle en voyant son petit-fils si heureux.

Ils s'arrêtent devant une boulangerie où l'odeur alléchante des pâtisseries fraîches se mêle à celle du chocolat chaud et poussent la porte d'entrée de ce lieu voué à la gourmandise. Aurélia décide de faire une petite surprise à Olivier.

- Choisis ce qui te fait plaisir, mon chéri, dit-elle en souriant.

Olivier pointe son index vers une magnifique bûche de noël décorée de petites figurines en sucre.

- Je veux celle-ci, Mamie ! s'exclame-t-il avec enthousiasme. Aurélia achète la bûche et après avoir payé, ils

13

quittent la boutique et continuent leur promenade, savourant chaque instant de cette douce soirée d'hiver.

Malgré son âge, Aurélia s'émerveille encore comme à chaque période de noël et ce depuis sa plus tendre enfance, devant le spectacle des lumières qui semblent flotter librement dans l'air en se déplaçant en rythme au son de la musique qui donne l'impression de venir de partout à la fois. Les yeux brillants d'admiration devant la beauté du lieu, elle se tient au milieu de la place tenant par la main son petit-fils Olivier, entourés de familles et d'enfants qui partagent leur fascination pour ce spectacle enchanteur. Les lumières dansent autour d'eux, créant des motifs éblouissants qui semblent raconter des histoires anciennes et mystérieuses, la musique, douce et ensorcelante ajoutant une dimension magique à cette scène féerique. Soudain, une petite fille s'approche d'elle, tenant une bougie électronique entre ses mains. Elle lui sourit timidement et lui tend la bougie. Aurélia, touchée par ce geste empreint de grâce et de gentillesse, prend la bougie et la lève vers le ciel, rejoignant ainsi les milliers de lumières qui illuminent la nuit, Olivier applaudit. À cet instant, elle se sent connectée à quelque chose de très grand, comme une tradition millénaire qui transcende le temps et les générations.

La magie de noël, pense-t-elle, réside dans ces moments de partage et de connexion, où les cœurs s'ouvrent et les âmes se rejoignent pour célébrer la beauté de la vie Aurélia se sent submergée par la gratitude et l'amour qui l'entourent. Chaque sourire, chaque geste de tendresse réchauffe son cœur, lui rappelant l'importance des liens humains et de la solidarité.

Elle observe les visages autour d'elle, et sent une profonde connexion avec chacun d'eux. Les rires des enfants, les étreintes chaleureuses des adultes, et les chansons de noël résonnent comme une mélodie enchanteresse, portant avec elles des souvenirs et des espoirs pour l'avenir.

Aurélia se tourne vers Olivier, son petit-fils, qui la regarde avec des yeux émerveillés.

- Tu vois, mon chéri, dit-elle doucement, c'est cela, la magie de noël. C'est l'amour que nous partageons et les moments que nous créons ensemble qui rendent cette fête si spéciale.

**

Face à l'atmosphère de fête qui règne en cette période de fin d'année, Aurélia s'est un peu relâchée et ne perçoit pas le danger qui rode aux alentours. La musique festive et les rires des passants couvrent le bruit des pas discrets de quelqu'un qui semble les suivre. Tandis qu'ils continuent de marcher, un jeune homme en manteau sombre et au regard furtif les observe de loin. Ses mouvements sont calculés, ses intentions voilées. Le jeune homme semble vouloir se fondre dans l'ombre des bâtiments afin de mieux cacher ses funestes projets, ses yeux perçants suivant chaque mouvement d'Aurélia et de son petit fils. Il semble attendre le moment opportun pour se dévoiler à leurs vues et agir.

Olivier, tout à sa dégustation de la bûche de noël, ne remarque rien. Mais un léger frisson parcourt l'échine d'Aurélia lorsqu'elle se rend compte qu'ils sont suivis. Elle serre la main d'Olivier un peu plus fort et jette un coup d'œil prudent par dessus son épaule.

- Restons dans les rues éclairées, mon chéri, dit-elle, d'une voix qu'elle se veut rassurante. Ils accélèrent le pas, cherchant à rejoindre la sécurité de la foule. Le danger semble se rapprocher, mais Aurélia garde son calme et cache sa peur afin de ne pas alarmer son petit-fils.

Alors qu'ils tournent le coin de la rue, Aurélia aperçoit un policier en patrouille, un soupir de soulagement s'exhale de sa poitrine.

- Excusez-moi, monsieur l'agent, dit-elle en s'approchant, Olivier fermement serré contre elle, je pense que quelqu'un nous suit.

L'agent de police, alerté par la détresse d'Aurélia, se dirige immédiatement vers eux, prêt à intervenir et à leur porter secours, mais il s'écroule avant d'arrivé à leur niveau...

Un coup porté à l'épaule d'Aurélia la fait tituber, elle n'a pas le temps de réaliser ou de comprendre ce qui se passe, qu'un deuxième coup porté cette fois-ci à la base du crâne la terrasse, elle sent ses jambes se dérober sous elle et se retrouve comme un pantin désarticulé allongée sur le sol, tout en pensant à son petit-fils qui ne s'est aperçu de rien.

16

- Elle a la vie chevillée au corps celle-là ! Entend-t-elle dans une semi-inconscience.

Aurélia s'en veut de s'être laissée surprendre aussi facilement, elle savait sa vie menacée, pas seulement à cause de son âge, mais aussi en raison de la part active qu'elle avait prise, par le passé, lors de la lutte contre les tueurs de vieux, la sportive qu'elle est, doublée d'une mentalité de guerrière, refuse de mourir sans combattre, elle essaye malgré tout de se raisonner, sachant que son petit-fils ne risque absolument rien, étant donné son âge, de la part de ceux qui s'apprête à mettre fin à ses jours, « *c'est la loi !* » pense-t-elle, « *une loi scélérate* » promulguée par ceux qui ont décidé que vieillir est un crime, elle le sait, tout comme elle sait que son petit-fils sera chéri et protégé jusqu'à ce qu'il soit assez âgé pour subir le châtiment échu au vieux et cela la rassure malgré sa situation.

Soudainement, elle est submergée par une vague de souvenirs et amorce un geste pour se relever.

- Qu'est-ce que tu attends, hurle une voix féminine dénuée de toute pitié, achève-la qu'on en finisse ! Entend-t-elle.

Aurélia a l'impression que sa tête explose sous la violence du coup asséné, puis tout se brouille autour d'elle, elle perçoit son petit-fils à travers un voile qui lui masque la vue, le jeune garçon perdu dans ses rêves d'enfant ne s'est toujours pas aperçu du drame qui se déroule à ses pieds, elle a encore la force d'émettre une pensée pleine d'amour pour lui puis des images se mettent à défiler sous ses yeux comme dans un film...

**

L'afflux des souvenirs ramène Aurélia des décennies en arrière, une image s'impose en force à sa vision brouillée, c'est celle de Jean, à une époque où elle et lui étaient de jeunes adultes, pleins de rêves et de projets.

Ils s'étaient rencontrés lors de l'attaque des tueurs lancés par le Maître des ombres, Aurélia avait été projetée au sol pendant que Robert, en mauvaise posture, semblait être sur le point de céder sous la pression des assaillants. Alors que tout semblait perdu, Jean, était apparu comme par enchantement, paraissant être armé de mille bras, tapant dans le tas et réussissant à repousser les agresseurs et à la dégager avec une bravoure inégalée, la sauvant d'une mort certaine.

- Est-ce que tu vas bien ? lui avait-il demandé, avec beaucoup de prévenance dans les yeux. Dès cet instant, ils avaient été inséparables, partageant joies et peines, rires et larmes. Ce jour-là, il s'était formé entre eux un lien indéfectible d'amitié, imperméable aux morsures du temps. Avec les années, leurs chemins avaient souvent divergé, se frayant des passages à travers les méandres de la vie. Cependant, ils trouvaient toujours le temps de se retrouver, même si cela n'était que pour partager un simple café ou un bref échange de sourires complices. Cette amitié tenait plus de l'évidence que du choix, une de ces rares connexions qui défient les lois de la distance et du temps.

Un jour, alors qu'ils se promenaient sous les cerisiers en fleurs, ils réalisèrent combien ils avaient grandi, changé, mais que leur lien restait immuable. Il y avait une beauté simple dans cette constance, une magie indéfinissable qui rendait leur amitié si précieuse.

À chaque tournant de leur existence, ils savaient qu'ils pouvaient compter l'un sur l'autre. Que leur avenir soit rempli de joie ou de défis, leur amitié serait la balise qui les guiderait à travers les tempêtes et les calmes plats à chaque instant de leur vie.

Aurélia se souvient de la chaleur de la main de Jean lorsqu'il l'avait aidée à se relever alors qu'elle allait succomber sous le nombre. Elle était consciente que sans son intervention elle n'aurait pas eu cette vie de rêve qu'elle a partagée avec Lucien son époux durant tant d'années, elle pensa, de façon fugace, qu'être une épouse, une mère, une grand-mère, était la meilleure des choses qui pouvait arriver à une femme, une larme roula sur sa joue en regardant de nouveau son petit-fils, puis ce fut le néant...

Chapitre I

Aurélia jeune femme brillante et ambitieuse

Nous sommes en l'année 2075, Aurélia Goscik, âgée aujourd'hui de 18 ans, est la benjamine[2] d'une fratrie[3] de trois enfants, elle est la seule fille de la fratrie et ses frères, Gilles Goscik âgé aujourd'hui de 28 ans, et Robert Goscik âgé aujourd'hui de 26 ans, continuent de la protéger comme à l'époque de leur enfance malgré son allure sportive et son apparence athlétique. Aurélia a été une enfant désirée, elle le sait et s'en félicite sachant la chance qui est la sienne, elle n'ignore pas qu'un enfant désiré est souvent le résultat d'un désir mutuel de parentalité[4] entre les deux parents, mais également de fratrie

---

[2]Benjamin, dernier enfant d'une fratrie.
[3]Représente un groupe d'individus uniquement constitué par les frères et sœurs d'une même famille.
[4]La parentalité désigne l'ensemble des responsabilités et des pratiques associées à l'éducation et au soin d'un ou plusieurs enfants.

21

entre les aînés qui aspirent à avoir un nouveau membre, un petit frère ou une petite sœur, au sein de la famille, cela crée un environnement favorable où le nouveau-né est accueilli avec amour et enthousiasme ce qui profite à l'enfant pour la suite de sa construction.

Les parents d'Aurélia, Natacha et Willem Goscik, après la naissance du cadet de la famille, Robert, ont émis le souhait partagé, d'avoir une fille, et les garçons une sœur. Leur vœu a été exaucé 8 ans plus tard avec la naissance tant attendue d'Aurélia un soir de septembre en l'année 2057. Ainsi, comme toutes les petites filles ayant grandi au sein d'une fratrie composée en majorité de garçons, elle a développé un comportement, somme toute, masculin, et un caractère bien trempé, ainsi qu'une allure sportive qu'elle doit au tennis qu'elle pratique assidûment. Lors de ses premiers noëls, étant encore une enfant, elles ne s'occupaient pratiquement pas des jouets pour filles qui lui étaient offerts en cadeau, préférant partager les jouets pour garçons de ses aînés. En réalité, malgré le titre qui lui avait été attribué par certaine personne de son entourage, Aurélia n'était pas un « *garçon manqué* ». À un âge aussi précoce, elle n'avait pas encore pleinement intégré les stéréotypes de genre imposés par la société et, l'attention, les encouragements, et les compliments qu'elle recevait de la part de ses frères qui l'invitaient sans relâche à partager leur jeux, des frères qui, soulignons le, avaient désiré sa naissance autant que leurs parents. Donc, tout cet intérêt pour elle l'avait motivée à préférer leurs jouets et leurs jeux.

Quelques années plus tard, Aurélia, bac+5 en poche, se lance dans des études commerciales et prépare un master en ressources humaines et sciences du management, avec l'intention affichée d'intégrer l'usine de son père comme ses deux aînés. En plus de ses études, elle entre dans le monde associatif en apportant son concours à divers œuvres humanitaires dans la cité et ses environs.

Jeune femme brillante et ambitieuse, elle est déterminée à poursuivre son chemin avec une vision unique en tête, allier succès professionnel et engagement humanitaire, tout en continuant à pratiquer le tennis son sport favori et sa seule distraction. En effet, Aurélia prend rarement des vacances, voyage très peu, et sa philosophie concernant les voyages se résume en quelques mots : « Si vous passez six heures dans un avion et qu'une fois arrivé à destination et les formalités d'hébergement effectués, vous vous installez autour de la piscine de l'hôtel ou faites une incursion de temps à autre à la plage, sans vraiment chercher à rencontrer les habitants du pays que vous êtes sensé visiter, alors vous êtes semblable à une « pierre qui roule et n'amasse pas mousse »[5].

Forte de sa formation universitaire, elle entreprend des études commerciales et se spécialise dans les ressources humaines et les sciences du management, sachant perti-

---

[5]Tiré d'une citation du philosophe Avicenne, de son vrai nom Ibn Sina. Philosophe et médecin persan, né le 7 août 980 à Afshana, près de Boukhara, dans l'actuel Ouzbékistan et mort en août 1037 à Hamadan (Iran).

nemment que ses compétences seraient précieuses pour l'essor continu de l'usine de son père, une entreprise familiale qu'elle rêve d'intégrer comme l'ont fait ses deux aînés, Gilles et Robert.

Pendant ses années universitaires, Aurélia ne se contente pas de se concentrer uniquement sur ses études ou participer à des compétitions sportives. Consciente de l'importance de s'engager dans la communauté, elle consacre une grande partie de son temps libre à des œuvres humanitaires dans la cité de Solara et ses environs, que ce soit en distribuant des repas aux personnes dans le besoin, en organisant des collectes de vêtements pour les plus démunis, ou en participant à des projets éducatifs pour les enfants défavorisés, Aurélia ne supporte pas que l'on soit jeune et en bonne santé, pratiquant une ou plusieurs disciplines sportives et que l'on ne se dévoue pas pour venir en aide à ceux qui sont dans le besoin, ainsi, elle s'est investie corps et âme dans des actions de bénévolat au sein de la cité de Solara.

Son engagement dans le monde associatif lui permet de développer des compétences en leadership, en communication, et en gestion de projet, des qualités qui ne manqueront pas de se révéler utiles dans sa future carrière professionnelle au sein de l'entreprise familiale qu'elle souhaite intégrer. De plus, elle tisse des liens solides avec d'autres membres de la communauté, élargissant ainsi son réseau de connaissance et renforçant son sentiment d'appartenance à Solara.

À mesure que ses études avancent et que son implication dans les œuvres humanitaires se poursuit, Aurélia se prépare mentalement et émotionnellement à intégrer l'entreprise familiale. Elle sait pertinemment que son parcours académique et son expérience dans le domaine humanitaire lui donneront un avantage précieux pour contribuer de manière efficace à la prospérité de l'usine de son père, tout en poursuivant son engagement envers sa communauté.

Pour Aurélia, réussir dans la vie ne se mesure pas seulement en termes de réussite universitaire, de succès professionnel et sportifs, mais aussi en fonction de la différence qu'elle peut faire dans la vie des autres. Pour Aurélia, la définition de la réussite va bien au-delà des accomplissements personnels. En effet, elle croit fermement que la véritable grandeur réside dans la capacité à apporter des changements positifs dans la vie des habitants de sa ville. Elle a été profondément marquée par les valeurs inculquées par ses parents, Natacha et Willem Goscik, et s'efforce de perpétuer cet héritage de lumière et de justice dans tous les aspects de sa vie.

Aurélia se lance dans divers projets communautaires et humanitaires. Elle crée des programmes de mentorat[6]

---

[6]Le mentorat désigne une relation interpersonnelle de soutien, dans le cadre de laquelle une personne d'expérience, le mentor, qui peut être un chef d'entreprise, met à disposition son expérience du terrain, sa sagesse, et son expertise, afin d'aider une autre personne à atteindre ses objectifs dans les domaines de l'apprentissage, de la formation, et de l'emploi, etc.

pour les jeunes, afin de leur offrir des opportunités de développement personnel et professionnel. Elle s'investit également dans des initiatives de sensibilisation à l'importance de l'éducation et de la solidarité. Son objectif est de bâtir une société où chaque individu a la chance de s'épanouir et de contribuer au bien-être collectif.

Les succès académiques et sportifs d'Aurélia ne sont que des outils pour atteindre ses fins altruistes[7]. Elle utilise sa notoriété pour attirer l'attention sur des causes qui lui tiennent à cœur, comme la protection de l'environnement, l'accès à l'éducation pour tous, et la lutte contre les inégalités sociales. Aurélia sait que la véritable réussite est celle qui se mesure à l'impact positif que l'on peut avoir sur les autres et sur la société dans son ensemble.

Parallèlement à ses actions sociales, Aurélia trouve du temps pour sa famille et ses proches. Elle est convaincue que l'amour et le soutien mutuel sont des piliers[8] essentiels de toute vie réussie. En fin de compte, pour Aurélia, réussir sa vie signifie laisser une empreinte durable de

---

[7]Altruiste se dit de de quelqu'un qui met l'intérêt des autres avant le sien propre. Notion associée à la bienveillance et à la générosité envers autrui.

[8]Mot générique, qui peut désigner un support isolé en maçonnerie, destiné à recevoir une charge (arcade, voûte, plafond, charpente, etc.). Ou une personne, dont la présence, l'activité est essentielle à l'existence d'un organisme, d'une institution, d'une famille : La femme en tant qu'épouse et mère **est un pilier de la maison.**

bonté, d'équité, et de bienveillance dans le cœur des gens qu'elle rencontre.

Et c'est avec cette philosophie en tête qu'elle se prépare à franchir les prochaines étapes de son parcours, prête à relever les défis avec détermination, compassion et résilience[9].

---

[9]Résistance psychique face aux aléas de la vie, capacité d'un individu à résister, à s'adapter, et à se remettre rapidement de situations difficiles.

# Chapitre II

## Gilles un mélange de force et d'intelligence

Gilles Goscik 28 ans, a vu le jour un matin de mai en l'année 2047, sportif de haut niveau, il a été champion régional de karaté, mais ce n'était pas là son unique ambition, titulaire d'un diplôme de niveau Bac+5 en gestion d'entreprise, il avait été pressenti[10] par son père pour accéder à la direction de l'usine le moment venu. Outre de hautes études pour devenir directeur d'usine, il a acquis une expérience significative dans le secteur industriel, en travaillant dans l'usine de son père, expérience exigée pour accéder à ce poste.

Gilles représente un mélange unique de force et d'intelligence, une combinaison de talents qui lui a permis d'exceller à la fois sur le tatami en tant que champion régional de karaté et dans les salles de classe en tant que

---

[10]S'enquérir des dispositions de quelqu'un à exercer certaines fonctions.

diplômé en gestion d'entreprise de niveau Bac+5. Dès son plus jeune âge, il a été imprégné de l'esprit de l'entreprise familiale, l'usine dirigée par son père qui demeure un fleuron et une fierté de la communauté de Solara et de ses environs.

Bien qu'il ait excellé dans le karaté, il n'a jamais perdu de vue ses aspirations professionnelles, Gilles est conscient que le sport, bien qu'important dans sa vie, pour le bon fonctionnement du corps et de l'esprit, ne représente qu'une facette de son potentiel. Ainsi, après avoir obtenu son diplôme en gestion d'entreprise, il se lance dans une carrière professionnelle dans le secteur industriel en intégrant l'entreprise familiale.

Travailler régulièrement dans l'usine de son père lui a permis d'acquérir une précieuse expérience sur le terrain, des connaissances acquises par la pratique qui complètent admirablement sa formation académique. Gilles est déterminé à découvrir tous les aspects de l'entreprise familiale, des opérations quotidiennes à la gestion des ressources humaines, en passant par la planification stratégique.

Son père, conscient de son potentiel, avait auguré de ses dispositions pour accéder à la direction de l'entreprise familiale lorsque le moment serait venu. Mais Gilles n'est pas du genre à se reposer sur ses lauriers. Il sait que pour être un leader[11] efficace, il doit continuer à se former et à se perfectionner chaque jour.

Ainsi, il décide de combiner ses responsabilités dans l'entreprise familiale avec un engagement continu dans le monde du sport, non seulement pour maintenir sa forme physique, mais aussi pour cultiver des valeurs telles que la discipline, la persévérance, et le respect, des valeurs qu'il considère essentielles tant sur le tatami[12] que dans le monde des affaires.

À mesure que le temps passe, Gilles se prépare à assumer un rôle de leadership[13] plus important dans l'usine de son père. Son parcours atypique[14], alliant excellence sportive et réussite académique, fait de lui un exemple inspirant pour les jeunes de Solara, démontrant que le succès ne se limite pas à un seul domaine, mais résulte de la combinaison de compétences diverses et complémentaires.

Gilles a su conjuguer une carrière sportive brillante avec des succès académiques tout aussi impressionnants. Depuis son plus jeune âge, il a montré une détermination et un talent exceptionnels dans le domaine sportif. En

---

[11]Chef d'un parti politique ou d'un groupe quelconque. Numéro un d'un secteur économique.

[12]Tapis épais fait de nattes en paille de riz tressée, servant en particulier à la pratique des arts martiaux.

[13]Autorité exercée par une personne ou groupe de personnes sur un groupe qu'elle ou il représente. Capacité à inspirer, motiver et guider un groupe de personnes pour atteindre un objectif commun.

[14]Qui n'entre pas dans le cadre du travail normal et à plein temps.

tant qu'athlète, Gilles a remporté de nombreuses compétitions locales et régionales, se forgeant ainsi une réputation d'excellence et de persévérance.

Tout autant, Gilles n'a jamais négligé ses études. Sa passion pour l'apprentissage et sa rigueur lui ont permis d'obtenir des résultats remarquables à l'école et à l'université. Il a non seulement décroché des diplômes prestigieux, mais il a également su inspirer ses camarades par son exemple. Ses professeurs et mentors louent son esprit de discipline, sa capacité à surmonter les obstacles et sa volonté de toujours se surpasser.

Aujourd'hui, Gilles continue de jongler avec brio entre ses engagements sportifs et la direction de l'entreprise familiale. Il consacre également du temps à motiver et à encadrer les jeunes de Solara, leur montrant qu'il est possible de réaliser ses rêves par le travail acharné et la détermination. Il est souvent invité à des conférences et des événements locaux pour partager son expérience et prodiguer des conseils.

Le parcours inspirant de Gilles démontre que la passion et l'engagement peuvent ouvrir des portes insoupçonnées, et que chaque jeune a le potentiel de devenir un modèle à suivre, quel que soit le domaine dans lequel il souhaite exceller.

# Chapitre III

## Robert le spécialiste en informatique

Robert Goscik 26 ans, né durant la nuit de décembre en l'année 2049, également sportif de haut niveau, a gagné lui aussi ses lettres de noblesse en devenant champion régional de natation en accédant à la première marche du podium lors du championnat régional dans cette discipline. Dans la lignée de son frère aîné il avait été, lui aussi, pressenti par son père pour un poste de direction dans l'usine. Ayant été attiré dès son plus jeune âge par l'informatique, il a décidé très tôt qu'il en ferait son métier.

Ainsi, en parallèle à son activité en informatique dans l'usine de son père et titulaire d'un diplôme de niveau Bac+5 en informatique, il poursuit une formation en école d'informatique et prépare un master afin de devenir directeur des systèmes d'information dans l'entreprise dirigée par son père.

Robert a toujours été attiré par les défis et la compétition. Son amour pour le sport l'a conduit à devenir un athlète de haut niveau, se distinguant particulièrement aux épreuves de natation. Sa détermination et sa persévérance lui ont valu une place sur la première marche du podium lors du championnat régional de natation, une victoire qui a renforcé son statut de champion. Cependant, Robert n'est pas seulement un athlète accompli. Il est aussi un passionné d'informatique. Dès son plus jeune âge, il a été fasciné par le monde numérique[15], par la façon dont les lignes de code peuvent donner vie à des applications et des systèmes complexes. Cette passion l'a conduit à poursuivre une carrière dans ce domaine, déterminé à faire de l'informatique son métier. Tout comme son frère aîné, Robert a été pressenti par son père pour un poste de direction dans l'usine familiale. Cependant, contrairement à son frère, Robert n'a pas choisi la gestion d'entreprise. Au lieu de cela, il a choisi de se spécialiser dans les systèmes d'information, convaincu que c'est là que réside son avenir au sein de l'entreprise familiale.

Donc, tout en travaillant dans l'usine de son père, Robert a poursuivi ses études en informatique. Titulaire d'un diplôme de niveau Bac+5, il s'est inscrit dans une école d'informatique réputée pour préparer un master,

---

[15]Qui a trait à la représentation d'informations ou de grandeurs physiques au moyen de caractères, tels que des chiffres. Se dit des systèmes, dispositifs ou procédés employant ce mode de représentation.

son objectif étant de devenir directeur des systèmes d'information dans l'entreprise familiale, Robert est un jeune homme déterminé et ambitieux. Il est prêt à relever tous les défis pour atteindre ses objectifs.

Avec son mélange unique de compétences en sport et en informatique, Robert est parfaitement équipé pour naviguer dans le monde complexe[16] et en constante évolution de l'industrie moderne. il possède une rare combinaison d'aptitudes et de qualifications qui le rendent extrêmement précieux dans divers domaines. Son expertise en analyse de données lui permet d'extraire des informations cruciales à partir d'éléments essentiels, tandis que sa passion pour le sport lui donne un avantage unique dans les domaines de l'analyse des performances et de la gestion des équipes.

En plus de ses compétences techniques, Robert se distingue par ses compétences en communication et en leadership. Il est capable de travailler efficacement en équipe, de partager ses connaissances et d'inspirer les autres. Sa capacité à comprendre et à anticiper les besoins des utilisateurs finaux fait de lui un excellent interlocuteur entre les départements techniques, opérationnels, et commerciaux.

Mais ce n'est pas seulement sa combinaison de compétences qui fait de Robert un atout. Son engagement

---

[16]Qui contient plusieurs parties ou plusieurs éléments combinés d'une manière qui n'est pas immédiatement claire pour l'esprit ; compliqué, difficile à comprendre.

envers l'apprentissage continu signifie qu'il est toujours à la pointe des dernières avancées technologiques et des tendances industrielles. Il s'attaque aux défis avec une mentalité proactive[17], cherchant toujours à innover et à améliorer les processus existants

Somme toute, Robert est bien plus qu'un simple expert en sport ou en informatique. Il est un innovateur, un leader et un penseur stratégique capable de transformer des défis complexes en opportunités de croissance et de succès. Que ce soit sur le terrain ou derrière un écran d'ordinateur, Robert est prêt à relever tous les défis que l'industrie moderne peut lui offrir. Sa quête pour devenir directeur des systèmes d'information dans l'usine de son père ne fait que commencer, et il est prêt à tout pour réussir.

---

[17]Processus psychologique s'exerçant d'amont en aval dans le temps.

Chapitre IV

Solara la cité solaire

Nous sommes en l'an 2075, Solara est ce que l'on peut appeler une ville inter connectée, dans tous les sens du terme s'entend, avec des montagnes majestueuses à l'horizon, un lac poissonneux à souhait, et une forêt luxuriante à proximité. Sa situation géographique lui permet de bénéficier d'un ensoleillement maximum tout au long de l'année, ce qui lui a valu le nom affectueux de Solara « la cité solaire », autant pour son ensoleillement exceptionnel que pour sa couverture énergétique en panneau solaire. En effet, cette cité héberge en ses murs une usine qui fabrique des panneaux et batteries solaires, contribuant ainsi à l'essor de l'énergie verte dans la région. La production de ces technologies renouvelables ne se limite pas seulement à l'impact environnemental, mais génère également de nombreux emplois locaux, renforçant l'économie de la ville. L'usine, dotée d'outils et d'équipements de pointe, innove constamment pour améliorer l'efficacité énergétique de ses produits. Grâce à ses recherches et à ses partenariats avec des instituts scientifiques, la cité se positionne en leader dans le domaine de la transition énergétique, attirant des investisseurs et des talents de toute la région.

Ainsi, le maire de la ville, Willem Goscik âgé de 66 ans né un matin d'avril en l'année 2009, ancien industriel et directeur d'usine, fabricant de panneaux et batteries solaires, devenu le premier magistrat de la cité par la volonté de ceux qui n'étaient pas encore ses administrés, mais qui souhaitaient ardemment le devenir et qui l'avaient incité à se présenter à l'élection municipale. Il avait été élu avec trois bonnes longueurs d'avance sur ses principaux rivaux qui briguaient la magistrature de la cité solaire.

Après avoir été élu premier magistrat de la ville, Willem Goscik se trouve face à une nouvelle étape de sa vie, marquée par un engagement total envers le bien-être et la prospérité de Solara. Conscient des défis immenses qui l'attendent, il décide de déléguer la direction de l'entreprise familiale à ses enfants, Gilles, Robert et Aurélia, qu'il a préparés avec soin pour reprendre le flambeau.

Aurélia, avec son master en ressources humaines et sciences du management, et Gilles, avec son expérience industrielle et ses compétences en gestion, sont parfaitement qualifiés pour donner un nouvel essor à l'entreprise familiale, ils forment une équipe complémentaire et dynamique, chacun apportant des compétences et des expériences uniques à l'entreprise. Leur combinaison de compétences en gestion, en ressources humaines, et en expérience industrielle, leur donne un avantage distinct pour stimuler la croissance et l'innovation au sein de l'usine.

Gilles apporte une précieuse expérience industrielle, ce qui est essentiel pour comprendre les processus de production, l'optimisation des opérations et l'innovation technologique. Son expertise permet à l'entreprise de rester compétitive sur le marché national et international en adoptant les meilleures pratiques industrielles. Ses compétences en gestion complètent celles d'Aurélia. Il est capable de superviser les opérations quotidiennes, de prendre des décisions stratégiques éclairées et de gérer les ressources de manière efficace. Son expérience en gestion aide à maintenir la stabilité financière et opéra-tionnelle de l'entreprise familiale.

Les habitants de Solara, fiers de leur patrimoine et de leur environnement, s'approprient rapidement ce surnom de « la cité solaire » et développent une culture locale centrée sur l'innovation et la durabilité.

Ainsi, chaque année, la ville organise un festival consacré à l'énergie solaire. Cette manifestation attire des milliers de visiteurs et des experts du monde entier pour célébrer les avancées technologiques et les réussites de Solara. Les rues se parent de décorations lumineuses alimentées par des panneaux solaires, et des conférences et ateliers sont proposés pour sensibiliser le public aux avantages des énergies renouvelables. La ville se transforme alors en un véritable laboratoire à ciel ouvert, où l'on découvre des maisons recouvertes de tuiles photovoltaïques[18], des serres urbaines autonomes, destinées aux plantes tropicales, dont la température de fonction reste constante grâce à l'énergie solaire, et des véhicules dont le moteur fonctionne uniquement à partir de l'énergie solaire.

Les habitants de Solara, animés par un profond respect pour leur environnement, mettent en place des initiatives collaboratives pour réduire leur empreinte carbone. Des jardins potagers fleurissent sur les toits des maisons, des stations de recharge solaires jalonnent les avenues, et les écoles intègrent dès le plus jeune âge l'apprentissage des énergies propres.

Cette dynamique populaire attire l'attention de chercheurs et d'entrepreneurs du monde entier, faisant ainsi de Solara un modèle de développement durable veillant au respect de l'environnement.

Son rayonnement dépasse bientôt ses frontières, inspirant d'autres cités à suivre son exemple et à bâtir un avenir plus respectueux de la planète.

**

En effet, cette entreprise familiale, fleuron de la ville, fabrique des panneaux et batteries solaires, une activité

---

[18]Production d'électricité à partir du rayonnement solaire.

florissante qui incarne la vision écologique et innovante du maire Willem Goscik, ancien directeur et fondateur de l'exploitation.

Ainsi, comprenant l'importance de l'énergie renouvelable[19] pour l'avenir de la ville, Willem a encouragé ses enfants à moderniser et à étendre l'usine, rendant ainsi la ville pionnière dans le domaine des technologies vertes.

Grâce à cette initiative, la ville devient un centre d'excellence en matière d'énergie solaire, attirant des experts et des investisseurs venus du monde entier, mais aussi des étudiants grâce à son centre universitaire. Les panneaux solaires produits ici alimentent non seulement la ville, mais sont également exportés vers d'autres régions, contribuant à une réduction significative des émissions de carbone.

L'usine crée de nombreux emplois locaux et stimule l'économie, renforçant le tissu social de la communauté. Willem, voyant les bénéfices de cette transition vers une énergie propre, décide d'intégrer des projets d'énergie solaire dans les infrastructures publiques, tels que des écoles et des bâtiments municipaux, prouvant ainsi que la prospérité économique et la durabilité environnementale peuvent aller de pair.

L'engagement de Willem pour un avenir durable inspire d'autres villes à suivre son exemple, transformant la

---

[19]L'énergie renouvelable est une source d'énergie qui se régénère naturellement et de manière continue.

région en une oasis de modernité respectueuse de l'environnement et du bien-être de ses habitants.

Aurélia, et Gilles, apportent une nouvelle énergie et des idées innovantes à l'usine, visant à moderniser les processus et à renforcer la position de l'entreprise sur les marchés intérieurs et mondiaux. Leur gestion collaborative et leur détermination à maintenir l'héritage familial tout en intégrant des pratiques contemporaines commencent à porter leurs fruits, assurant la stabilité économique de l'entreprise et la satisfaction de leurs employés. Robert lui aussi pressenti par son père pour la continuité de l'entreprise familiale n'a pas choisi la gestion d'entreprise. Au lieu de cela, il a choisi de se spécialiser dans les systèmes d'information, convaincu que c'est là que réside son avenir au sein de l'usine.

Pendant ce temps, Willem Goscik se consacre entièrement à son nouveau rôle de maire. Il aborde cette mission avec une vision claire et précise, faire de sa ville un modèle du développement durable et de cohésion sociale. Connu pour son intégrité et sa passion, il travaille sans relâche pour revitaliser Solara, élaborant des plans ambitieux pour l'infrastructure, l'éducation, et la sécurité de ses administrés.

## Chapitre v

## Willem Goscik maire de Solara

Après avoir été élu premier magistrat de la ville, Willem Goscik délaisse la direction de l'usine à ses enfants afin de pouvoir se consacrer entièrement au développement et à la prospérité de sa ville. En effet, cette cité incarne la vision écologique et innovante de Willem Goscik. Son engagement pour un avenir durable inspire d'autres villes à suivre son exemple, transformant la région en une oasis de modernité respectueuse de l'environnement et du bien-être de ses habitants. Cependant, bien que n'ignorant pas les nombreux débouchés que cette initiative peut apporter à sa ville, il ne compte pas se consacrer à ce seul domaine, mais veut faire de sa ville une pionnière à tous les niveaux et c'est dans le contexte social qu'il a décidé de porter des changements notables afin d'améliorer la vie des habitants, surtout les retraités et ceux qui ont atteint un âge avancé. Ainsi, en plus des transports urbains et interurbains qui desservent la ville et semblent satisfaire pleinement les habitants, il a inauguré un nouveau système de transport totalement gratuit dénommé : « navette seniors », et dont le fonctionnement est relativement simple, un petit boîtier d'appel conçu pour la circonstance par Robert, toujours prêt à utiliser ses compétences en informatique, est remis en dotation aux personnes âgées éligibles à ce nouveau mode de transport, il suffit simplement d'appuyer sur la touche verte incorporée au boîtier et les coordonnées « gps » du lieu où l'on se trouve s'affichent sur un moniteur vidéo inclus dans le tableau de bord de la « navette seniors », et dans un délai qui ne dépasse pas les dix minutes la navette est au rendez-vous et, petit plus, afin que la « navette seniors » soit toujours disponible, Willem a fait doter chaque quartier de la ville d'un nombre de navettes équivalentes.

Pour ainsi dire, sous sa gouvernance, la ville connaît une transformation sans précédent. Willem lance plusieurs projets d'infrastructure, modernise les écoles et les hôpitaux, et initie des programmes pour soutenir les petites entreprises locales. Son engagement indéfectible envers ses concitoyens et sa vision de progrès social et économique font rapidement de lui une figure emblématique de la région. Grâce à ses efforts, la ville attire de nouveaux habitants et investisseurs, devenant un modèle de réussite pour les autres municipalités. Willem, fier de l'accomplissement de ses projets, continue de travailler sans relâche, motivé par l'idée de laisser un héritage durable aux générations futures. Pourtant, en dépit de tous les efforts que fournit le maire pour faire de sa ville un modèle du confort de vie où tous peuvent s'épanouir en toute liberté dans le respect des uns et des autres, des actes irrespectueux sont commis à l'encontre des personnes âgées, ça a commencé de manière furtive et discrète quand un adolescent a refusé de céder sa place à l'un de ses aînés dans l'autobus, alors que celui prétextant de son âge avancé le lui demandait. Cependant, ce qui semblait être un acte isolé s'est reproduit avec des auteurs différents mais toujours jeunes, et pratiquant le même mode opératoire envers les personnes âgées. Ces faits suffisamment graves de par leurs natures et leurs répétitions ont eu de quoi inquiéter la population de la cité habituée à vivre en parfaite harmonie et dans le respect que l'on doit aux anciens.

Pourtant, malgré l'intervention rapide des autorités chargées de réguler le comportement des usagers des transports, les actes d'incivilités contre les personnes âgées n'ont pas cessés mais ont atteint une nouvelle dimension qui provoque l'incompréhension de tous, puis, cette incompréhension est remplacée par de la crainte lorsque des personnes âgées qui se promenaient tranquillement au parc du Beau Soleil situé en centre ville, furent molestées par quelques jeunes qui leurs reprochaient leur présence en ces lieux. Devant la gravité de la situation, les services sociaux de la mairie sont dépêchés sur place et organisent en urgence une réunion à la Maison des Jeunes et de la Culture de Solara afin de dis-

45

cuter avec les jeunes de la cité et d'essayer de comprendre ce qui ne va pas afin de trouver une ou des solutions à cette situation qui crée de nombreux troubles au sein de la vie de nos aînés et met en danger leur existence propre, mais, aucun accord n'a pu être trouvé devant l'extrême intransigeance des jeunes qui semblent être fermés à toutes propositions qui permettraient de mettre fin à ce climat d'insécurité qui s'installe insidieusement au sein de la ville.

## Chapitre VI

## Les chasseurs de la Nuit

Dès la nuit tombée, des groupes de jeunes se rassemblent dans les parcs et les endroits sombres de la cité. Ils sont à la recherche de proies faciles, les personnes âgées. Ces dernières, autrefois respectées pour leur sagesse, leur savoir, et leur expérience, sont maintenant traquées et tuées sans pitié. La cité de Solara, autrefois paisible et accueillante, est maintenant assombrie par l'ombre sinistre des actes impitoyables perpétrés par ces bandes de jeunes. Les ruelles qui étaient autrefois animées par les pas des habitants sont maintenant hantées par la peur et le désespoir. Les personnes âgées, naguère satisfaites de leur existence à Solara, vivent désormais dans une terreur constante. Les parcs et les endroits sombres de la cité, autrefois des lieux de rassemblement et de détente, sont devenus des zones de danger où la vie des personnes âgées est menacée à chaque coin de rue.

Les motivations derrière ces actes barbares restent floues. Certains pensent que les jeunes sont motivés par la rage et la frustration, d'autres soupçonnent l'influence de gangs criminels ou de drogues qui ont corrompu leur esprit et atténué leur sens morale. Pendant ce temps, les autorités locales sont dépassées par la montée de la violence. Les efforts pour protéger les personnes âgées et appréhender les coupables semblent souvent vains, car ces bandes de jeunes opèrent avec une impunité quasi totale dans l'obscurité. Nonobstant cela, si ce n'était la violence qui a atteint un point culminant et les dramatiques événements qui s'y déroulent, il ferait bon vivre dans cette ville calme et tranquille où semble régner l'harmonie entre ses habitants, à condition bien sûr, que les marques du temps ne soit pas trop visibles sur le visage, le corps, ou l'allure, de ceux qui on atteint un âge avancé car, dès la tombée de la nuit, des groupes de jeunes se mettent en quête de personnes âgées sur lesquelles ils s'acharnent.

**

En réalité, la situation s'est dégradée dans la cité, autrefois tranquille, au début de l'année 2075 sans que l'on sache vraiment pourquoi, ni dans quelles circonstances ont commencé ces horribles événements, ni ce qui a pu les déclencher, ou les motiver. Les habitants de la cité, autrefois paisible et unie, se sont retrouvés pris au piège d'une spirale de violence et de terreur, sans comprendre ce qui avait bouleversé leur quotidien. Tout semblait avoir commencé par une série de disparitions mystérieuses, des individus qui disparaissaient sans laisser de trace, comme engloutis par la ville elle-même. Puis, les rumeurs ont commencé à circuler : des témoins parlent de créatures étranges, des ombres furtives, des murmures dans les ruelles obscures. Mais les autorités restent silencieuses, comme si elles avaient été prises de court, incapables de répondre aux questions pressantes des citoyens.

Au fil des mois, les tensions s'accentuent. Les rues autrefois fréquentées par des familles et des travailleurs sont désormais désertées, envahies par des gangs de plus en plus audacieux, qui semblent n'avoir aucune crainte des forces de l'ordre. Les éclats de voix laissent place à des bruits de pas effrayés, ceux des retardataires qui, après une journée de travail, regagnent rapidement la sécurité de leur foyer. Mais, ce qui effraie le plus, c'est la sensation croissante que quelque chose de plus grand, de plus profond, est en train de se jouer. Les gens parlent de phénomènes inexpliqués, des objets qui se déplacent tout seuls, des messages obscures et vides de sens laissés sur les murs des bâtiments abandonnés, et cette impression persistante que tout cela est une mise en scène. Et puis, au cœur de ce chaos, un groupe d'individus a commencé à se regrouper. Ils disent détenir des informations cruciales, des indices qui permettraient de comprendre l'origine de ce fléau.

L'un d'entre eux, un ancien professeur d'histoire urbaine, prétend que cette situation n'est pas simplement un accident, mais une réaction en chaîne provoquée par un événement vieux de plusieurs décennies. Un événement lié à un ancien projet de développement, enterré sous des années d'oubli et de négligence, et, ce professeur qui avait observé la dégradation de la cité d'une manière qu'aucun autre ne pouvait comprendre, semble persuadé que la clé pour tout résoudre réside dans la mémoire collective de la ville elle même, mais encore fallait-il savoir où chercher, la question maintenant est de savoir si quelqu'un serait capable de déterrer ce secret à temps. Toujours est-il qu'à la suite d'un de ces meurtres inexplicables et inexpliqués qui ont semé la peur et le trouble dans la paisible cité de Solara et captivé l'attention de tous les habitants, un individu est arrêté ayant été pris sur le fait et traduit en justice...

## Chapitre VII

## Le rôle de Robert et d'Aurélia

Robert, constatant l'impuissance des autorités locales face à ces actes criminels qui se déroulent généralement la nuit, décide d'utiliser ses compétences en informatique pour aider à résoudre le mystère des meurtres. Il développe un système de surveillance sophistiqué qui utilise des caméras de sécurité, des drones et des capteurs pour surveiller la ville la nuit. Ce système permet de suivre les mouvements des bandes de jeunes et d'alerter la police lorsqu'un crime est sur le point d'être commis. En outre, Robert utilise ses compétences en analyse de données pour étudier les modèles de comportement des groupes de jeunes. Il découvre des schémas dans leurs activités qui permettent de prédire où et quand ils pourraient frapper ensuite. Ces informations sont inestimables pour la police, qui peut désormais intervenir avant qu'un crime ne soit commis, mais aussi pour Aurélia la benjamine de la famille qui joue un rôle crucial dans la lutte contre les bandes de jeunes qui terrorisent la cité. Sa détermination et son courage font d'elle une figure de proue dans cette bataille pour la justice et la paix. En tant que jeune femme dynamique et sportive, Aurélia utilise ses compétences athlétiques pour protéger les personnes âgées de la ville. Elle organise des patrouilles nocturnes, rassemblant d'autres jeunes courageux pour surveiller les rues la nuit et intervenir lorsque les bandes de jeunes attaquent. Mais Aurélia ne se contente pas de réagir aux attaques. Elle cherche également à comprendre les motivations des jeunes qui sont dans la violence, et à trouver des solutions à long terme au problème. Elle organise avec Robert des forums de discussion et des ateliers pour les jeunes de la ville, dans le but de les sensibiliser aux conséquences de leurs actes et de promouvoir le respect et la compréhension entre les générations. De plus, Robert utilise sa position dans l'usine pour promouvoir des initiatives visant à créer des opportunités et des stages pour les jeunes qui le désirent. Il croit fermement que l'éducation et l'emploi sont les clés pour sortir ces jeunes de la spirale de la violence. Aurélia utilise son influence en tant que fille du premier magistrat de la ville pour plaider en faveur de politiques qui offrent plus d'opportunités aux jeunes de la cité. Comme Robert, elle pense de manière radicale que la formation et le travail rétribué sont les sésames pour sortir ces jeunes du cercle de la violence. Somme toute, Aurélia n'oublie pas ceux qui ont été touchés par la violence. Elle crée un réseau de soutien pour les personnes âgées de la ville, leur offrant un lieu sûr où elles peuvent se réunir, partager leurs expériences et se soutenir mutuellement. Ainsi, Aurélia devient une véritable guerrière de la lumière dans la cité de Solara. Sa bravoure, sa compassion et sa détermination font d'elle une force puissante dans la lutte contre la terreur qui règne dans la ville. Son histoire est un témoignage de la force de l'esprit humain face à l'adversité, et un rappel que même dans les moments les plus sombres, il y a toujours de l'espoir.

Robert de son côté ne reste pas inactif, il utilise sa position dans l'usine pour promouvoir des initiatives visant à créer des opportunités pour les jeunes de la ville. Il croit fermement que l'éducation et l'emploi sont les clés pour sortir ces jeunes de la spirale de la violence Robert devient ainsi un acteur clé dans la lutte contre les meurtres. Sa contribution ne se limite pas à la technologie et à l'analyse de données, mais s'étend également à la promotion de solutions sociales pour résoudre le problème à sa racine. Sa détermination et son engagement font de lui un allié précieux dans cette lutte pour la justice et la paix. Fort de son expérience et de ses compétences, Robert décide de créer une organisation dédiée à la prévention des crimes violents. Il réunit une équipe de spécialistes issus de divers domaines, psychologues, travailleurs sociaux, éducateurs spécialisés, et anciens délinquants réhabilités. Ensemble, ils élaborent des programmes de sensibilisation et d'éducation destinés aux jeunes à risque, afin de leur offrir des alternatives[20] posi-tives et de les éloigner de la violence.

L'organisation de Robert travaille également en étroite collaboration avec les forces de l'ordre et les autorités locales pour identifier les zones les plus touchées par la criminalité et y mettre en place des initiatives commu-nautaires. Ces initiatives incluent des activités sportives, des ateliers artistiques, et des programmes de mentorat, visant à renforcer le tissu social et à créer un environne-ment plus sûr et plus solidaire.

Grâce à ses efforts inlassables, Robert parvient à ré-duire significativement le taux de criminalité dans plu-sieurs quartiers de la ville. Son approche holistique[21] et humaine inspire d'autres villes à suivre son exemple, et il devient une figure emblématique de la lutte contre la violence. Il sait que le chemin est encore long, mais il est convaincu que, grâce à la coopération et à la compas-sion, un avenir meilleur est possible pour tous.

---

[20]Une alternative désigne une option ou un choix disponible en plus de celui qui est actuellement considéré ou utilisé. C'est choisir entre deux possibilités.

[21]Le terme « holistique » vient du mot grec « holos », qui signifie « entier » ou « global », et désigne l'approche d'un système dans sa totalité, plutôt que de se focaliser sur ses parties individuelles. Le concept holistique est appliqué à de nombreux domaines comme la santé, la philosophie, l'éducation ou encore l'écologie.

## Chapitre VIII

## Le début du procès du jeune homme

Alors que débute son procès, l'accusé, un jeune homme au regard sombre et au visage marqué par la tension, se tient stoïque devant le tribunal. Le murmure des spectateurs se calme alors que le juge prend place, imposant une atmosphère solennelle. L'avocat de la défense se lève, prêt à plaider la cause de son client, tandis que le procureur, avec une détermination farouche, prépare ses arguments. Les premiers témoins sont appelés à la barre, leur témoignage promettant de révéler des détails cruciaux sur les événements qui ont conduit à cet instant. Dans la salle, une tension palpable persiste, chaque mot prononcé étant suivi avec une attention scrupuleuse par un public avide de vérité.

- Accusé ! Déclinez votre identité ? Ordonne le juge.

- Je m'appelle Pascal Sounier, votre honneur.

- Comment plaidez-vous ? il répond d'une voix ferme, hors de toute attente :

- Je plaide la légitime défense, votre honneur.

Un murmure d'étonnement parcourt la salle. Comment un tel meurtre pourrait-il être considéré comme de la légitime défense ? Les habitants de Solara, présents, échangent des regards perplexes, cherchant à comprendre les motivations de l'accusé. Les murmures s'intensifient comme un bourdonnement d'abeilles et commencent à remplir la salle.

Le juge frappe de son maillet sur la plaque prévue à cet effet, afin d'imposer le silence dans la salle d'audience.

-Je veux un silence total ! Tonne-t-il, son regard fusillant la foule, sinon je fais évacuer la salle.

Finalement, après quelques secondes d'un brouhaha indescriptible, un silence pesant envahit la salle d'audience, brisé uniquement par le raclement d'une chaise, au fond.

Devant l'obstination de l'accusé à vouloir garder sa ligne de défense, le président du tribunal, doutant de ses capacités de raisonnement, décide de demander une expertise psychiatrique afin d'évaluer son état mental. Un expert renommé est alors appelé à témoigner, apportant avec lui l'espoir de démêler les mystères qui entourent cette affaire où l'accusé déclare qu'il était en état de légitime défense lors du meurtre du vieil homme qu'il accuse d'être coupable, ainsi que tous ceux comme lui qui n'ont pas pris les mesures nécessaires concernant les atteintes à l'environnement lorsqu'ils le pouvaient.

# Chapitre IX

## Le jugement et la condamnation de l'accusé

Après quelques jours d'observation et d'entretiens approfondis avec l'accusé, l'expert psychiatre livre enfin ses conclusions devant le tribunal. Il affirme avec assurance que l'accusé est sain d'esprit, que ses actes étaient guidés par une réelle perception de danger imminent et qu'il a agi dans un instinct de légitime défense, et que rien ne s'oppose à son procès.

Les réactions dans la salle sont mitigées. Certains sont sceptiques quant à cette conclusion, tandis que d'autres commencent à se demander s'il n'y aurait pas plus à découvrir concernant la série de meurtres qui ont secoué leur communauté.

Finalement, le tribunal se trouve contraint d'accepter la ligne de défense de l'accusé. L'affaire soulève une multitude de questions sans réponses, laissant les habitants de Solara dans l'incertitude totale quant à la nature réelle des événements qui ont plongé leur ville dans l'ombre sinistre de la peur. Certains habitants commencent à parler de complots qui auraient été fomentés par des individus de l'extérieur, dans quel but ? D'autres pensent qu'il s'agit d'espionnage industriel et que des factions adverses chercheraient à déstabiliser la ville afin d'amener Willem Goscik à céder son usine pour une somme dérisoire le marché des panneaux solaires étant en plein essor, les commentaires vont bon train et l'on parle même d'un mauvais sort jeté à l'intention des jeunes de la ville.

Donc, ce jeune homme après avoir récusé son avocat, décide d'assurer en personne sa défense et déclare de nouveau devant le tribunal d'une voix haute et parfaitement audible :

- Je me considère comme étant en état de légitime défense permanente et pas seulement pour la mort du « vieillard » pour lequel je suis ici, et ajoute :

- Ils sont tous coupables, coupables de ne pas avoir pris les mesures nécessaires concernant les atteintes à l'environnement lorsqu'ils le pouvaient. Par leur attitude égoïste, ils se sont conduits comme des criminels, privilégiant leur confort au détriment du bien-être des habitants de notre ville, en mettant en péril notre survie et celle des générations futures et il ne saurait y avoir de prescription concernant leurs crimes.

Après avoir rappelé les faits reprochés à l'accusé et présenté les différents éléments recueillis au cours de l'enquête, dont un couteau à cran d'arrêt ainsi qu'une batte de base-ball, le président du tribunal signifie à l'accusé qu'il a droit à l'assistance d'un avocat pour assurer sa défense. Une fois de plus le jeune homme déclare vouloir se passer de l'assistance de son avocat et souhaite assurer en personne sa défense.

À la question :

- Pourquoi avez-vous supprimez la vie de cet homme sans défense ? L'accusé répond en se lançant dans une longue diatribe.

- Cet homme a été jugé pour la nature des actes incriminés, et la sentence c'est la condamnation à mort. Les actes visés ici concernent principalement les dommages environnementaux et les actions ou inactions ayant contribué au changement climatique, à la destruction des écosystèmes, à la pollution des terres et des océans, et à l'épuisement des ressources naturelles.

- Ces actes incluent, poursuit l'accusé qui semble avoir apporté beaucoup de soin à sa défense : La pollution industrielle, les rejets massifs de déchets toxiques dans les rivières, les sols, et l'atmosphère, par les industries chimiques, pétrolières et minières. Puis, s'adressant au tribunal :

- M'autorisez-vous à lire, votre honneur, quelques notes que j'ai rédigées pour ma défense ?

Sur ces entrefaites, son avocat sort de son attaché case quelques pages dactylographiées qu'il remet à l'huissier afin que ce dernier les transmette au président du tribunal. Après avoir pris connaissance du contenu des pages, l'autorisation lui est accordée d'utiliser ses notes pour sa défense.

- Donc, poursuit l'accusé, ces actes incluent : La déforestation massive, la coupe à blanc des forêts tropicales pour l'agriculture ou l'exploitation du bois, détruisant des habitats naturels essentiels et libérant d'énormes quantités de $CO_2$, l'utilisation et la dépendance persistante aux énergies fossiles malgré la connaissance de leur impact sur le réchauffement climatique, la surexploitation des ressources naturelles telles que la pêche excessive, l'extraction minière qui met en péril la santé de ceux qui habitent non loin des gisements, et l'agriculture intensive qui épuisent les sols et les réserves naturelles.

Après une profonde inspiration, l'accusé continue sur le même ton son énumération :

- Les impacts de ces actions sur les générations actuelles et futures sont profonds et multiples, ainsi on peut déplorer entre autres :

- Le changement climatique : Augmentation des températures mondiales, montée du niveau des mers, phénomènes météorologiques extrêmes, et acidification des océans.

- La perte de biodiversité : Extinction de nombreuses espèces animales et végétales, perturbation des chaînes alimentaires et des écosystèmes.

- La dégradation de la santé humaine : Augmentation des maladies respiratoires et autres pathologies dues à la pollution, l'insécurité alimentaire liée à la dégradation des sols et des ressources en eau.

- L'instabilité économique et sociale : Crises migratoires dues aux catastrophes climatiques, conflits pour les ressources en diminution, et inégalités accrues entre les populations.

Pour terminer, l'accusé invoque :

- La responsabilité morale et éthique : Ceux qui ont consciemment pris des décisions nuisibles à l'environnement et à la société doivent être tenus responsables pour empêcher la répétition de tels actes.

Il appelle également à la justice pour les générations futures : Les générations futures ne doivent pas porter le fardeau des erreurs et des crimes de leurs prédécesseurs sans que justice ne soit rendue. À l'écoute de ces critiques l'assistance semble partagée. On sent s'installer une réelle dichotomie[22].

Après une délibération très mouvementée tournant presque à l'émeute, le verdict tombe dans une salle d'audience tendue. Le jeune homme, arrêté en flagrant délit et accusé pour sa participation aux meurtres horribles qui ont secoué la ville, est reconnu coupable des faits qui lui sont reprochés. La sentence est lourde, il est condamné à la réclusion criminelle. Le juge prononce la peine avec

---

[22]Division en deux, opposition entre deux choses.

une gravité qui laisse peu de place à l'espoir de clémence. L'annonce du verdict suscite des réactions variées parmi les habitants de Solara. Certains voient cette condamnation comme une justice rendue, un acte nécessaire pour restaurer la sécurité et la paix dans la ville, et espèrent que cette sentence dissuadera d'autres jeunes de suivre le même chemin de violence. D'autres, cependant, se demandent si cette peine sera suffisante pour répondre aux causes profondes de la criminalité qui gangrène la ville. Le jeune homme, visiblement abattu, est emmené en prison sous haute surveillance. Pour lui, les douze années à venir seront marquées par une privation de liberté, mais aussi par une introspection[23] forcée. Derrière les barreaux, il aura tout le temps de réfléchir aux actions qui l'ont conduit en prison et aux conséquences de ses actes. Sa famille, dévastée par le verdict, est partagée entre la honte et le chagrin. Ils s'interrogent sur ce qui a pu pousser leur fils à de tels extrêmes. Était-ce la colère, la frustration, ou bien l'influence néfaste de ses camarades ? Ils décident de rester à ses côtés, espérant que, malgré la dureté de la peine, il puisse trouver une forme de rédemption[24]qui l'amènera à de meilleurs sentiments.

En prison, le jeune homme fait face à un environnement hostile, difficile, et impitoyable. Cependant, malgré les atrocités commises, il n'est pas totalement abandonné. Les autorités pénitentiaires, conscientes des enjeux

---

[23]Observation intérieure, examen fait par le sujet lui-même des phénomènes psychologiques qui se passent en lui.
[24]Rédemption, action de ramener quelqu'un au bien, de le racheter.

de la réhabilitation, mettent en place un programme de soutien psychologique et de réinsertion pour les détenus. Le jeune homme est encouragé à participer à des séances de thérapie, à suivre des cours et à apprendre un métier.

**

Pendant ce temps, à l'extérieur, Solara continue de lutter avec ses propres démons. Les initiatives de Willem Goscik, le maire, bien que louables, n'ont pas encore réussi à apaiser complètement la situation. Les bandes de jeunes continuent de semer le trouble, et les habitants restent sur le qui-vive. Les rues de Solara, autrefois paisibles à la tombée de la nuit, vibrent désormais d'une rumeur sourde. Les passants se pressent nerveusement, leurs pas résonnant sur l'asphalte humide. Dans les ruelles étroites de certains quartiers, des ombres furtives se glissent entre les bâtiments décrépis, échangeant des paroles à mots couverts, croisant des regards haineux.

La bande des jeunes avait encore frappé. Cette fois-ci, c'était une épicerie du quartier ouest qui avait fait les frais de leur coup d'audace. Le gérant, un vieil homme au visage buriné par les ans, avait été retrouvé attaché à une chaise, son regard vide perdu dans le néant. Une mise en scène glaçante, un message clair : nous contrôlons la ville !

Le chef de la police, le commissaire Odilon Rémilone, mâchoire serrée et regard perçant, arpentait la scène du crime. Sa main effleurant machinalement son arme de service tandis qu'il analysait chaque détail. Ce n'était plus une simple affaire de délinquance ordinaire. Ces jeunes, encouragés par l'impunité, poussaient les limites toujours plus loin.

# Chapitre X

## L'intervention de Max et ses patrouilleurs

Dans les cafés et sur les places publiques, les habitants parlaient à voix basse, jetant des coups d'œil furtifs autour d'eux. Certains avaient déjà pris leurs précautions : serrures renforcées, trajets modifiés, couvre-feu improvisé. D'autres, plus téméraires, s'organisaient discrètement. Le vieux Max, ancien militaire, avait rassemblé quelques hommes du quartier pour patrouiller la nuit.

- On ne laissera pas ces gamins pourrir notre ville, avait-il déclaré d'un ton sec.

La lune était déjà haute dans le ciel, lorsque Max et ses hommes entament leur première ronde. Silhouettes furtives dans la pénombre, ils arpentent les rues avec la précision de ceux qui ont connu le danger ailleurs, sur d'autres fronts. Armés de lampes torches et de talkies-walkies, ils avancent en silence, scrutant chaque ruelle, chaque recoin où les ombres semblent trop épaisses.

Les premières nuits furent calmes. Trop calmes même, comme si la bande de jeunes qui terrorisait le quartier, avait compris que le vent tournait. Mais Max sait que ce silence n'est qu'une feinte. Il avait vu ça trop de fois dans sa vie d'ancien militaire. L'ennemi attendait, tapis dans l'ombre, prêt à frapper au moment où on s'y attendait le moins, et il ne se trompait pas.

Une nuit, alors que son équipe atteignait une impasse près du vieux dépôt, un sifflement retentit. Une bouteille en verre explosa contre un mur, manquant de peu la tête d'un des patrouilleurs. Puis, des rires graves résonnèrent semblant venir d'en haut. Max plissa les yeux et aperçut des silhouettes à peine visibles sur le toit d'un immeuble voisin.

- Alors, les vieux, on joue aux flics maintenant ? lança une voix moqueuse.

Max s'avança d'un pas assuré et répondit :

- On ne joue pas, gamin. On reprend ce qui nous appartient.

Un silence pesant tomba. Puis un murmure parmi les jeunes. Une hésitation. Max la perçut aussitôt. Il savait reconnaître des adversaires qui testaient leurs limites. Ce n'étaient pas des soldats aguerris, juste des gamins habitués à semer la peur sans jamais rencontrer de résistance.

Ce soir, ils en trouvaient une en la personne de Max et ses patrouilleurs.

- Partez, dit Max d'une voix froide. Et ne revenez pas !

Les ombres hésitèrent, puis disparurent dans la nuit. Mais Max ne se faisait pas d'illusions. Ce n'était pas fini. Ce n'était que le début...

Tout avait basculé en quelques heures. L'attaque sur le centre communautaire, l'incendie, l'intervention des patrouilleurs menés par le vieux Max, puis cette blessure qu'Aurélia avait reçue en aidant les habitants à évacuer...

L'atmosphère était empreinte de chaos et de panique. Les flammes dévoraient le centre communautaire, projetant des ombres dansantes sur les murs tandis que le crépitement incessant du feu ajoutait une note terrifiante à la scène. Les cris des habitants et le bruit sourd des patrouilleurs intervenant sur le centre, résonnaient dans l'air, créant une symphonie de désordre et de désespoir.

Alors que la fumée s'épaississait, rendant chaque respiration plus difficile, Aurélia continuait d'aider les gens à sortir, guidant les enfants effrayés et soutenant les plus âgés. C'est à ce moment-là qu'elle avait été blessée. Une poutre enflammée s'était effondrée, l'emprisonnant sous son poids brûlant. Mais même à travers la douleur lancinante, elle avait refusé d'abandonner. Le vieux Max, menant ses hommes avec une détermination sans faille, était venu à son secours.

Tandis qu'ils la libéraient de la poutre brûlante, Aurélia vit les visages des personnes qu'elle avait aidées.

Leur gratitude silencieuse et leur peur palpable la pous-
sèrent à se relever, malgré sa blessure. Chaque pas était
une torture, mais elle savait qu'elle ne pouvait pas s'arrêter maintenant. Il y avait encore des vies à sauver, des
gens à protéger...

Finalement, après ce qui sembla être une éternité, tous
les habitants furent évacués. Le centre communautaire
était réduit à des ruines fumantes, mais les vies avaient
été sauvées grâce à leurs efforts conjoints. Alors que les
secours arrivaient, elle s'écroula de fatigue, la douleur de
sa blessure prenant le dessus. Le vieux Max posa une
main rassurante sur son épaule, murmurant des mots de
réconfort avant que les secouristes ne l'emmènent pour
des soins.

Cette nuit restera gravée dans la mémoire des habitants de Solara, non pas pour la destruction du centre
communautaire, mais pour le courage et la solidarité de
tous, ainsi que l'héroïsme d'Aurélia qui avaient permis
de sauver tant de vies.

**

Aurélia et Gilles, tout en gérant l'entreprise familiale,
redoublent d'efforts pour soutenir les initiatives communautaires. Aurélia, avec son expertise en ressources humaines, s'implique davantage dans les programmes de
réhabilitation pour les jeunes délinquants, cherchant à
comprendre leurs motivations et à leur offrir des alternatives constructives. Gilles, avec sa discipline de sportif

de haut niveau et directeur de l'entreprise familiale, s'investit dans des projets de mentorat, utilisant le sport comme règles de conduite et de développement personnel pour les jeunes à risque.

L'histoire du jeune homme condamné résonne comme un avertissement pour les autres. Elle souligne les conséquences tragiques de la violence et le besoin urgent de solutions durables. Willem Goscik, le maire de Solara, avec le soutien de ses enfants et de la communauté, continue de travailler sans relâche pour instaurer des changements profonds dans la société de Solara.

Chapitre XI

Robert le gardien numérique de Solara

Robert Goscik, en tant qu'expert en informatique, a joué un rôle déterminant dans la lutte contre les actions criminelles des jeunes à Solara. Sa contribution a été essentielle pour renforcer la sécurité de la ville et protéger ses habitants. Comme informaticien, Robert a développé de nouveaux systèmes de surveillance pour la cité. Ainsi, ces procédés, basés sur des technologies de pointe, ont permis de surveiller efficacement les mouvements des bandes de jeunes et de prévenir les attaques avant qu'elles ne se produisent. Ces systèmes de surveillance comprennent des caméras de sécurité installées dans des points stratégiques de l'agglomération, des drones équipés de capteurs de mouvement et de reconnaissance faciale, et des algorithmes d'intelligence artificielle capables d'analyser les données en temps réel et de détecter les comportements suspects. De même, grâce à cette technologie, les forces de l'ordre de Solara ont pu intervenir rapidement lors des attaques, réduisant ainsi le nombre de victimes et dissuadant les bandes de jeunes de commettre d'autres crimes. Qui plus est, Robert a utilisé ses compétences en analyse de données pour étudier les modèles de comportement des bandes de jeunes. Il a réussi à identifier des schémas dans leurs activités, ce qui a permis de prédire où et quand ils pourraient frapper ensuite. Mais, la contribution de Robert ne s'est pas arrêtée là. Conscient que la technologie seule ne suffirait pas à résoudre le problème, il a également travaillé sur des initiatives visant à offrir aux jeunes de la cité des alternatives positives à la violence. Ainsi, Robert Goscik, grâce à son expertise en informatique et à son engagement envers sa ville, est devenu un véritable gardien numérique de Solara. Sa contribution a permis de combattre plus efficacement les actions criminelles des jeunes et de rendre la ville plus sûre pour tous ses habitants. Petit à petit, les efforts ont commencer à porter leurs fruits. Les programmes éducatifs et de réinsertion voient des succès modestes mais significatifs. Certains jeunes, inspirés par les histoires de rédemption et de seconde chance, choisissent de tourner le dos à la violence et de construire un avenir meilleur.

Le jeune homme en prison suit cette évolution de loin, conscient que son propre chemin vers la rédemption sera long et ardu. Les lettres et les visites de sa famille, ainsi que le soutien des programmes de réinsertion, lui offrent une lueur d'espoir. Il sait qu'il a une dette à payer, non

74

seulement à la société mais aussi à lui-même, pour les erreurs qu'il a commises.

Solara espère qu'au fil des ans, cette histoire tragique pourra devenir un symbole de résilience et de transformation, montrant que même dans les moments les plus sombres, il est possible de trouver un chemin vers la lumière.

## Chapitre XII

## L'arrêté municipal instaurant un couvre feu

Cette condamnation qui aurait dû mettre un terme à tous ces meurtres, a au contraire envenimé les choses et face à l'escalade de la violence qui déchire Solara, le maire Willem Goscik a pris un arrêté instaurant un couvre-feu de 21:00 le soir à 08:00 le matin, décision difficile à prendre mais nécessaire étant donné la gravité de la situation.

La décision du maire a suscité des réactions mitigées parmi les habitants de la ville. Certains ont salué cette mesure comme nécessaire pour rétablir l'ordre et la sécurité, tandis que d'autres ont exprimé leur frustration face aux restrictions imposées à leur liberté de mouvement.

Comme il convient en pareil cas, les forces de l'ordre ont été déployées en nombre pour assurer le respect du couvre-feu, et des sanctions sévères sont prévues pour ceux qui enfreignent cette nouvelle règle.

Les commerces devront également adapter leurs horaires d'ouverture et de fermeture pour se conformer à l'arrêté municipal. De nombreuses entreprises craignent que cette mesure ne perturbe leurs activités et n'affecte leur chiffre d'affaires.

Le maire, Willem Goscik, a tenu une conférence de presse pour expliquer les raisons de cette décision et pour rassurer ses administrés. Il a insisté sur le fait que le couvre-feu est une mesure temporaire, destinée à protéger la population et à rétablir un climat de tranquillité et de confiance dans la ville. Avec le temps, les autorités espèrent que la situation s'améliorera et que les habitants pourront retrouver une vie normale.

Les rues de la ville doivent être désertes à partir de 21:00, le soir, jusqu'à 8:00, au matin, une mesure drastique[25] visant à protéger les habitants, et en particulier les personnes âgées, des bandes de jeunes qui sévissent à la nuit tombée.

Les journalistes sur place constatent qu'une petite fraction des habitants ne semblaient pas être d'accord au début, mais le maire fini par les convaincre de la justesse de sa décision et de sa portée sur les événements qui enflamment la ville, la communauté finit par accepter en espérant que cette mesure apportera un répit face à la

---

[25]D'une rigueur contraignante, employé pour qualifier une mesure ou une action visant à obtenir des résultats rapides.

violence qui sévit dans la cité. Les forces de l'ordre sont mobilisées en masse pour patrouiller dans les rues, en s'assurant que le couvre-feu est respecté. Les citoyens coopèrent majoritairement, espérant que cette restriction temporaire ramènera la paix dans leur cité autrefois si paisible.

# Chapitre XIII

## Aggravation des tensions dans la cité

L'arrêté pris par le maire, Willem Goscik, imposant un couvre-feu de 21:00 le soir à 08:00 le matin, ne fait pas l'unanimité. Cette décision a des conséquences inattendues. Pour les jeunes déjà en colère et frustrés par leur situation sociale et économique, le couvre-feu est perçu comme une attaque directe contre leur liberté. Leur ressentiment envers les autorités, et même envers la société dans son ensemble, s'intensifie. Les bandes de jeunes voient cette mesure non pas comme une protection, mais comme une oppression supplémentaire. Leurs actes de violence et de vandalisme deviennent plus désespérés et plus brutaux.

Les tensions montent rapidement. Des affrontements éclatent entre les groupes de jeunes et les forces de l'ordre, les parcs et les ruelles sombres de Solara devenant des champs de bataille nocturnes. Des émeutes sporadiques secouent la cité, des vitrines sont brisées, des voitures incendiées, et le sentiment de peur qui envahit les rues est palpable. Les jeunes, organisés et déterminés, défient ouvertement le couvre-feu, utilisant les réseaux sociaux pour coordonner leurs mouvements et échapper aux autorités.

**

Le maire, Willem Goscik, conscient de l'échec apparent de la mesure et de l'aggravation de la situation, se retrouve dans une position délicate. Il convoque une réunion d'urgence avec les leaders communautaires, les chefs religieux, les éducateurs, et même des représentants des jeunes, dans une tentative pour trouver une solution plus durable et inclusive.

Lors de ces réunions, des voix s'élèvent, parmi les habitants de la cité, pour souligner que la violence des jeunes est le symptôme de problèmes plus profonds, le manque d'opportunités économiques, l'absence de structures de soutien, et le sentiment d'abandon ressenti par une génération entière. Une stratégie plus globale et holistique est proposée, incluant des programmes d'éducation et de formation professionnelle, des initiatives de réhabilitation, et la création de lieux sûrs où les jeunes peuvent se rassembler de manière constructive.

Le maire décide donc de réorienter les efforts de la ville. Tandis que le couvre-feu reste en place de manière temporaire, des mesures parallèles sont mises en œuvre pour aborder les racines du problème. Les associations locales reçoivent des fonds pour créer des programmes après l'école, des campagnes de sensibilisation sont lancées pour promouvoir la compréhension et la réconciliation, et des forums communautaires sont établis pour encourager le dialogue entre les jeunes et les autres membres de la communauté. Mais, malgré les efforts du maire, Willem Goscik, toutes ces initiatives prises pour encourager le dialogue entre les jeunes et les habitants de la cité restent sans effet, au contraire, des découvertes macabres[26] faites un matin dans un parc, donnent l'impression que les jeunes ont franchi un pas de plus dans l'horreur. Ainsi, des corps démembrés, des poitrines éventrées, s'offrent à la vue des policiers arrivés sur les lieux. Jamais les jeunes n'avaient été aussi loin dans une telle abomination...

---

[26]Qui évoque une mort dans des circonstances tragiques. Qui est lugubre, funèbre, morbide, sinistre.

# Chapitre XIV

## Solara symbole de déchéance sociale

Cette découverte plonge la communauté dans un état de choc et de terreur encore plus profond. Les visages des habitants reflètent un mélange de surprise soudaine et de dégoût. Des murmures horrifiés se propagent rapidement à travers la ville, et les images de la scène de crime envahissent les esprits. Jamais auparavant la violence des jeunes n'avait atteint un tel niveau de barbarie.

Les autorités locales se retrouvent face à une crise sans précédent. Les tentatives de dialogue et les initiatives communautaires semblent désormais dérisoires face à une telle sauvagerie. Le maire, lui-même, bouleversé par l'ampleur de l'horreur, réunit en urgence les responsables de la sécurité et les leaders communautaires pour discuter des mesures à prendre.

La police renforce sa présence dans les rues, instaurant des contrôles et des patrouilles plus fréquentes, mais l'atmosphère est désormais imprégnée de suspicion[27] et de peur. Les habitants, autrefois proches les uns des autres, commencent à se méfier de leurs voisins, craignant que la violence ne fasse encore d'autres victimes. Les personnes âgées, déjà terrifiées par les agressions nocturnes, n'osent plus sortir de chez elles, même en plein jour.

Des groupes de citoyens commencent à s'organiser pour protéger leurs quartiers, formant des vigiles qui patrouillent les rues après le couvre-feu. Toutefois, ces actions engendrent parfois des affrontements avec les jeunes, exacerbant encore plus les tensions.

Les médias locaux, régionaux, et nationaux s'emparent de l'affaire, et Solara devient le symbole de la déchéance sociale et de la montée de la violence juvénile. Des journalistes envahissent la ville, rapportant chaque détail morbide[28], exacerbant le climat de peur.

Face à cette crise, des voix s'élèvent, parmi la population, pour réclamer des mesures plus radicales. Certains habitants exigent des peines plus sévères et un renforcement des forces de l'ordre, tandis que d'autres appellent à des solutions à long terme pour traiter les causes pro-

---

[27]Opinion défavorable sur la conduite ou les intentions de quelqu'un. Doute concernant l'intégrité d'une personne.
[28]Qui a un caractère malsain, anormal, macabre, mortel.

fondes de cette violence, le chômage, l'isolement social, et le manque d'opportunités pour les jeunes.

Le maire, Willem Goscik, sous une pression intense, décide de faire appel à des experts en criminologie et en sociologie pour analyser la situation et proposer des solutions durables pour endiguer cette violence. Des réunions de crise sont organisées avec des représentants du gouvernement, des organisations non gouvernementales, ainsi que des professionnels de la santé mentale pour élaborer une stratégie globale.

Des centres de soutien psychologique sont mis en place pour aider les habitants à surmonter le traumatisme et à offrir un espace sûr pour ceux qui en ont besoin. Des programmes d'urgence sont lancés pour fournir des activités encadrées et des opportunités de formation pour les jeunes, tentant de détourner leur énergie destructrice vers des voies positives.

Ces initiatives comprennent des ateliers créatifs, des salles de sports, et des cours professionnels qui permettent aux jeunes de développer leurs compétences, de découvrir de nouveaux centres d'intérêt, et de bâtir des perspectives d'avenir prometteuses. En plus, des mentors[29] et des conseillers sont souvent impliqués pour

---

[29]Un mentor est une personne qui offre son savoir et son soutien à une autre personne, souvent moins expérimentée, dans le but de favoriser son développement personnel et professionnel.

fournir un soutien personnel et des conseils adaptés aux besoins individuels de chaque jeune.

Le but recherché est de créer un environnement où les jeunes se sentent valorisés et motivés à contribuer positivement à leur communauté. En les encourageant à s'engager dans des activités constructives, on espère non seulement réduire les comportements nuisibles, mais aussi favoriser leur épanouissement personnel et social.

Néanmoins, le chemin vers la reconstruction est long et ardu. Solara, autrefois un havre de paix et de tranquillité, doit désormais lutter pour retrouver son âme et sa dignité. Les habitants, ébranlés mais déterminés, commencent à comprendre que seule une action collective et une volonté de comprendre et d'intégrer les jeunes peuvent espérer mettre fin à ce cycle infernal de violence et de désespoir. Des initiatives communautaires commencent à voir le jour, portées par l'énergie et la détermination de ceux qui souhaitent bâtir un avenir meilleur pour Solara. Des groupes de discussion et des ateliers sont organisés, réunissant jeunes et adultes pour échanger sur leurs expériences, leurs défis, et leurs aspirations. Mais ces rencontres ne permettent pas de briser les barrières et de créer des liens de compréhension mutuelle, les jeunes se plaignant, à tort ou à raison, d'être stigmatisés et marginalisés, ne considérant plus ces espaces comme un lieu de rencontre où leur voix est écoutée et respectée, ces tentatives de dialogue se terminant souvent sans aucune avancée notable.

## Chapitre XV

## Nouvelle escalade de violence dans la ville

La découverte des corps mutilés dans le parc de Solara marque un tournant dans l'histoire de la ville. Jamais auparavant une telle horreur n'avait frappé cette communauté, plongeant ses habitants dans un abîme de peur et de désespoir. Les autorités sont paralysées, les initiatives de dialogue et de réconciliation sont désormais perçues comme inutiles face à cette nouvelle escalade de violences qui laisse craindre que le lien ne soit définitivement rompu entre les jeunes et leurs aînés.

Le maire, Willem Goscik, au bord du gouffre, est confronté à des décisions de plus en plus difficiles. La panique et la colère montent parmi les habitants exigeant des mesures immédiates et radicales. Willem Goscik convoque une réunion d'urgence avec son équipe et les forces de l'ordre pour discuter de la prochaine étape.

L'état de siège est proclamé, avec des patrouilles armées parcourant les rues jour et nuit. Les parcs et autres lieux publics sont fermés dès la tombée de la nuit. La tension est palpable, et chaque habitant se demande s'il sera le prochain sur la liste des victimes.

Cependant, la violence ne faiblit pas, au contraire, les jeunes semblent défier l'autorité avec encore plus de détermination. Chaque nouvelle attaque est plus brutale que la précédente, et les rumeurs commencent à se propager, ces jeunes ne seraient pas simplement en colère ou frustrés, mais manipulés par une force obscure, une influence maléfique qui les pousse à commettre ces atrocités...

**

Au cœur de ce chaos, Aurélia, avec sa formation en ressources humaines et son engagement humanitaire, se retrouve plongée dans une quête personnelle. Elle commence à mener ses propres investigations, cherchant à comprendre les véritables raisons de cette violence inexpliquée et inexplicable. En utilisant ses connexions dans le monde associatif, elle découvre des indices troublants sur des rituels occultes pratiqués dans l'obscurité de la nuit, des pratiques anciennes réveillées par une secte secrète qui semble tirer les ficelles dans l'ombre. Gilles, quant à lui, est partagé entre son rôle dans l'entreprise familiale et son désir de protéger la ville qu'il aime. Utilisant ses compétences en art martial, il organise des groupes de citoyens pour défendre leurs quartiers. Il se rapproche de Aurélia, et ensemble, ils cherchent à dévoiler la vérité sur les forces occultes qui manipulent les jeunes de Solara.

## Chapitre XVI

## Le Face à face avec le maître des monstres

À mesure que leur enquête avance, Aurélia et Gilles découvrent l'existence d'un ancien grimoire[30], caché depuis des siècles, qui aurait le pouvoir de contrôler les esprits faibles et de les pousser à la violence. Ce grimoire, en possession d'un horrible individu connu sous le nom de « Maître des ombres », est la clé pour comprendre et stopper cette vague de terreur.

Dans une course effrénée contre la montre, Aurélia et Gilles s'engagent dans une bataille contre le Maître des ombres, cherchant à détruire le grimoire et à libérer les jeunes de son emprise. Leur quête les mène dans les profondeurs oubliées de la cité, où ils doivent affronter non seulement des forces surnaturelles, mais aussi leurs propres peurs et doutes.

---

[30]Livre de magie ou de sorcellerie utilisée par les magiciens pour invoquer les forces du mal.

La tension culmine dans une confrontation épique où le destin de Solara se joue. Aurélia et Gilles, unissant leurs forces et leurs compétences, doivent faire face à la méchanceté incarnée par le Maître des ombres, et trouver la force en eux-mêmes pour sauver leur ville et ses habitants de cette série interminable de violence et de terreur.

Le Maître des ombres, un sinistre personnage qui dirige les bandes de jeunes, face à la bravoure d'Aurélia et Gilles, décide de lancer son armée des ombres contre eux.

Ces ombres, des jeunes endoctrinés et déshumanisés, attaquent en masse, transformant les rues de Solara en un véritable champ de bataille. Les habitants de la cité, pris de panique, se barricadent dans leurs maisons, observant avec horreur les événements qui se déroulent depuis leurs fenêtres. Les forces de l'ordre, débordées et impuissantes face à cette marée humaine, tentent désespérément de rétablir l'ordre, quand au milieu du chaos, une figure émerge, c'est Damien, un jeune homme autrefois l'un de ces endoctrinés, maintenant déterminé à lutter pour la liberté et la paix. Armé de courage et d'une volonté inébranlable, il se fraye un chemin à travers la foule, cherchant à rallier ceux qui, comme lui, ont ouvert les yeux sur la manipulation et la violence. Ensemble, ils espèrent apporter un nouvel espoir à la ville en flammes. Aurélia et Gilles, avec l'appui de Damien, leur nouvel allié, se battent avec courage, mais ils sont dépassés par le nombre et sont prêts à succomber, à disparaître dans l'obscurité. Mais alors que tout semble terminé pour eux, une lumière éclatante perce les ténèbres.

C'est le « Seigneur de la lumière », une figure mysté-rieuse qui a observé les événements depuis les hauteurs de la cité. Il est touché par le courage d'Aurélia, Gilles, et Damien, et décide d'intervenir. Hérissant une barrière faites d'une lumière éblouissante, il repousse l'armée des ombres, sauvant Aurélia, Gilles, et leur compagnon, de justesse.

Le Seigneur de la lumière représente l'espoir dans ce monde dystopique. Sa présence soudaine et son interven-tion inopinée changent le cours de la bataille, donnant à Aurélia, Gilles, et leur nouvel allié Damien, une chance de continuer leur lutte jusqu'à la victoire finale.

Tel un phare dans l'obscurité, le Seigneur de la lu-mière illumine les esprits et insuffle une nouvelle vi-gueur aux combattants épuisés. Son apparition, aussi soudaine qu'éblouissante, brise les chaînes du désespoir et offre une chance inespérée de renverser le Maître des ombres qui règne sans pitié sur l'esprit des jeunes et qui les pousse à cette violence inimaginable.

Les ténèbres qui naguère enveloppaient ce monde sont déchirées par la lueur éclatante de la présence du Sei-gneur de la lumière. Les forces de l'ombre vacillent, désorientées par cette lumière insoutenable, tous en-semble, les habitants et les forces de sécurité de Solara reprennent courage, galvanisés[31] par la puissance et la

---

[31]Encourager, impulser une nouvelle vigueur, stimuler.

détermination de leur nouvel allié. Chaque geste du Seigneur de la lumière, chaque parole prononcée, est une promesse de renouveau, un serment de victoire contre la violence.

Ainsi, la bataille prend une tournure inattendue. Le Seigneur de la lumière, avec son aura[32] transcendantale, redonne aux habitants de la cité la foi en un avenir meilleur. L'ordre, la justice, et la loi, sont rétablis, et l'espoir renaît dans les cœurs de ceux qui l'avaient presque oublié.

---

[32]L'aura est une notion qui est souvent utilisée dans le domaine de la spiritualité et de l'ésotérisme pour désigner l'énergie subtile qui entoure les êtres vivants.

## Chapitre XVII

Le Seigneur de la lumière un symbole d'espoir.

Le Seigneur de la lumière est une figure mystérieuse et puissante qui apparaît pour la première fois lors de l'attaque de l'armée des ombres sur Aurélia, Gilles, et leur nouvel allié Damien. Son identité reste un mystère, mais sa présence change le cours des événements.

Il est décrit comme une force du bien, un être de lumière pure qui se bat contre les forces des ténèbres. Sa lumière est si éclatante qu'elle peut repousser l'armée des ombres, même lorsqu'elle est en surnombre. Il est le symbole de l'espoir dans ce monde dystopique, un rappel que même dans les moments les plus sombres, la lumière peut toujours s'imposer face aux ténèbres.

Le Seigneur de la lumière semble avoir une connaissance profonde de la situation à Solara. Il intervient au moment précis où Aurélia, Gilles et Damien sont sur le point de succomber, suggérant qu'il les observe depuis un certain temps. Cela soulève des questions sur qui il est vraiment et quel est son lien avec la ville et ses habitants.

Bien que sa véritable identité reste un mystère, le Seigneur de la lumière joue un rôle crucial dans la lutte contre le Maître des ombres. Sa présence donne à Aurélia, Gilles, Damien, et aux autres habitants de Solara l'espoir et la force de continuer à se battre. Ainsi, la bataille prend une tournure inattendue. Le Seigneur de la lumière, avec son aura transcendantale[33], redonne aux habitants de la cité la foi en un avenir meilleur. L'ordre, la justice, et la loi, sont rétablis, et l'espoir renaît dans les cœurs de ceux qui l'avaient presque oublié. Le Seigneur de la lumière, ayant restauré l'équilibre tant attendu, s'assure que chaque coin de la cité baigne dans la justice et la paix. Les habitants, autrefois divisés par la peur et le chaos, commencent à travailler ensemble pour reconstruire leur société sur des bases solides. Des liens se reforment, des sourires apparaissent, et les enfants jouent à nouveau librement dans les rues.

Enfin libéré de ce cauchemar les habitants de Solara reprennent goût à la vie et les langues se délient. Ainsi donc, les commentaires concernant l'identité du Seigneur de la lumière vont bon train, ajoutant une nouvelle

---

[33]Se dit d'un objet de connaissance dans la mesure où il obéit aux exigences qui font de lui une représentation. Tout ce qui est rationnel de ce qui se fonde sur des a priori.

énigme à l'histoire. Peut-être est-il un ancien habitant de Solara, ou peut-être a-t-il un lien personnel avec Aurélia, Gilles, et Robert. Quelle que soit son identité, le Seigneur de la lumière a été le personnage clé dans la lutte qui a opposé les habitants de Solara aux forces du mal

La vérité enfin révélée, commence à faire jour sur l'identité véritable du Seigneur de la lumière, il s'agirait en réalité du père d'Aurélia, Gilles, et Robert.

## Chapitre XVIII

## L'identité révélée du Seigneur de la lumière

La véritable identité du Seigneur de la lumière est enfin révélée, il s'agit de Willem Goscik, le père d'Aurélia, Gilles, et Robert. Cette révélation est un choc pour tous, mais elle donne également un nouvel espoir à la lutte contre le Maître des ombres. La nouvelle de la véritable identité du Seigneur de la lumière se répand comme une traînée de poudre à travers la cité. Les habitants sont d'abord incrédules, mais bientôt, la révélation commence à renforcer leur détermination. Willem Goscik, malgré les années passées dans l'anonymat, apparaît enfin devant tous, son visage illuminé par une sagesse et une force intérieure incomparable.

Aurélia, Gilles, et Robert, touchés par la révélation de l'identité de leur père, ressentent un profond mélange d'émotions. Fierté, confusion, et espoir se bousculent en eux. Il leur explique les raisons de son secret et les sacrifices qu'il a dû faire pour protéger la cité et ses habitants.

Willem Goscik, en tant que maire de Solara et ancien directeur de l'usine de panneaux solaires, a toujours été une figure respectée dans la ville. Mais personne n'aurait pu imaginer qu'il était le Seigneur de la lumière, le mystérieux sauveur de Solara.

Willem a toujours été déterminé à protéger sa ville et ses habitants. Lorsqu'il a vu les horreurs commises par les bandes de jeunes, il a décidé d'agir. Utilisant une technologie secrète développée dans son usine, il a décidé de la mettre à disposition des habitants de la cité.

**

Depuis son plus jeune âge, Willem a été fasciné par la lumière. Obsédé par les phénomènes lumineux, il leurs a consacré sa vie et réussit à percer leurs secrets. À l'apogée de sa carrière, il a conçu un appareil capable de contrôler la lumière sous toutes ses formes : il peut la courber, la sculpter et même la solidifier, ou alors la séparer en gerbes de lumières qu'il peut projeter dans des directions différentes. Avec cette technologie, il décide de combattre la violence qui sévit à Solara et d'aider les habitants de sa ville.

Mais, comme toute grande découverte, son utilisation peut être détournée. Bientôt, Willem découvre que certains dont le Maître des ombres, veulent utiliser son invention pour des objectifs sinistres : concevoir des armes de destruction massive basées sur la lumière. Confronté à cette menace, il se rend compte qu'il doit protéger sa découverte à tout prix. Willem devient alors le Seigneur de la Lumière, un être bon qui utilise ses pouvoirs pour combattre les ténèbres et protéger les innocents. Il construit un réseau de défense basé sur la lumière, déjouant les plans de l'armée des ombres dirigée par le Maître des ombres qui cherche à semer le chaos dans la ville. Grâce à sa technologie, il peut créer des boucliers de lumière impénétrables, des éclairs aveuglants, et des illusions sophistiquées pour tromper ses ennemis. Nonobstant cela, le poids de cette découverte pèse lourd sur ses épaules. Il se demande s'il ne serait pas possible d'utiliser son invention pour de plus nobles causes, comme par exemple, éradiquer les maladies, ou pallier la crise énergétique mondiale. Willem Goscik doit faire face à des dilemmes éthiques et moraux, cherchant à équilibrer son désir de protéger sa ville et ses habitants, et son ambition de changer le monde en mieux.

Malgré son âge avancé, Willem est un combattant formidable. Sa force et sa bravoure, combinées à sa connaissance de la ville et à sa position de maire, font de lui un adversaire redoutable pour le Maître des ombres. Sa réputation de maire et ancien directeur de l'usine fabricant les panneaux et batteries solaires, ne font que renforcer son autorité et son influence sur la ville. Cependant, ce qui chez lui relève véritablement du prodige, c'est sa capacité à unir les citoyens autour d'une cause commune.

Les jours sombres approchent rapidement, et la menace du Maître des ombres plane sur Solara. Willem est conscient qu'il doit agir rapidement pour protéger sa ville et ses habitants. Il rassemble donc ses conseillers de confiance et prépare une stratégie audacieuse.

Dans la salle du conseil, la tension est palpable. Les visages sont graves, mais déterminés. Willem se tient droit, prêt à mener ses compatriotes dans cette bataille décisive.

- Mes amis, commence-t-il, sa voix résonnant avec fermeté, nous avons traversé bien des épreuves, mais aucune n'est comparable à celle qui nous attend. Le Maître des ombres croit pouvoir semer la terreur parmi nous, mais il sous-estime notre force et notre unité. Ensemble, nous vaincrons cette menace.

Un murmure d'approbation parcoure l'assemblée. Willem, en véritable leader, continue de galvaniser ses troupes avec des mots empreints de courage et d'espoir.

**\*\***

La révélation de l'identité du Seigneur de la lumière change la dynamique de la lutte. Aurélia et Gilles, maintenant conscients que leur père est à leurs côtés, sont plus déterminés que jamais à mettre fin à la terreur qui règne dans leur ville.

Cette révélation ajoute également une nouvelle énigme à la situation qui prédomine dans la cité, explorant les thèmes du sacrifice, de la famille et du courage. La révélation de l'identité du Seigneur de la lumière provoque la stupéfaction chez Aurélia et Gilles. Leur père, Willem Goscik, qu'ils connaissaient comme le maire dévoué de Solara et l'ancien directeur de l'usine de panneaux solaires, est en réalité l'homme qui, sous les traits du Seigneur de la lumière, a repoussé l'armée du Maître des ombres, et sauvé la Cité et ses habitants de la destruction.

Aurélia est la première à réagir. Elle ressent un mélange d'étonnement, de soulagement et d'admiration. Elle est surprise que son père ait réussi à garder un tel secret, mais elle est également soulagée de savoir qu'il est de leur côté. Son admiration pour son père, qui a toujours été grande, ne fait qu'augmenter. Elle est fière de lui et déterminée à se battre à ses côtés.

Gilles, quant à lui, est submergé par un sentiment de respect pour son père. Il est impressionné par le courage et la détermination de son père à protéger leur ville par tous les moyens. Cependant, il est également préoccupé par la sécurité de son père. Il sait que le Maître des ombres ne reculera devant rien pour essayer de détruire le Seigneur de la lumière. Après avoir été frappé de stupeur au début, Aurélia et Gilles se ressaisissent rapidement. Ils savent qu'ils ont un rôle crucial à jouer dans la lutte contre le Maître des ombres. Avec leur père à leurs côtés, ils sont plus que jamais déterminés à mettre fin à la terreur qui règne dans leur ville. Cette révélation renforce leur détermination et leur unité en tant que famille. Ils sont prêts à affronter tous les défis qui se présentent à eux, sachant qu'ils peuvent compter les uns sur les autres. Leur histoire est un témoignage de la force de la famille et de l'amour, même dans les moments les plus sombres de l'existence. La révélation de l'identité du Seigneur de la lumière provoque une onde de choc parmi les habitants de Solara. Willem Goscik, leur maire respecté, était en réalité le mystérieux sauveur qui avait repoussé l'armée des ombres. Cette révélation change leur perception de la situation et donne un nouvel espoir à la ville. Certains habitants sont surpris et même choqués, ils ont du mal à croire que leur maire est celui qui les a sauvé sous les traits de cette entité dénommée le Seigneur de la lumière.

**

Solara, ville autrefois tranquille, devient le théâtre d'une lutte sans merci entre le bien et le mal, où chaque habitant combat contre le camp du mal. La lumière de l'espoir et de la résilience brille pour percer les ténèbres qui menacent de tout engloutir.

Progressivement, ces initiatives commencent à porter leurs fruits. Certains jeunes, voyant une lueur d'espoir et de soutien, commencent à s'engager dans les programmes proposés. Leurs témoignages encouragent d'autres à suivre le même chemin, et petit à petit, la violence diminue dans les rues de Solara.

La route vers la paix et la réconciliation est longue et parsemée d'embûches, mais grâce à une approche concertée et à la détermination de l'ensemble de la communauté, Solara commence à voir la fin de son cauchemar. Les rues, autrefois témoins de peur et de violence, commencent lentement à retrouver leur calme et leur sérénité, rappelant à tous que même les temps les plus sombres peuvent être surmontés par la résilience et la solidarité de toute une communauté.

## Chapitre XIX

## Un programme de réhabilitation initié par le maire

L'une des premières initiatives du maire, Willem Goscik, a été de renforcer le tissu social de Solara. Conscient des blessures profondes provoquées par les récents actes de violence, il met en place un programme de réhabilitation et de réinsertion pour les jeunes délinquants. Ce programme approuvé par la population commence à porter ses fruits. Les jeunes délinquants, qui étaient autrefois égarés dans un cycle de violence et de désespoir, trouvent maintenant le chemin vers une nouvelle vie. Des ateliers de formation professionnelle, des séances de mentorat, et des activités communautaires sont organisés pour leur donner les compétences et le soutien nécessaires pour se réintégrer dans la société.

Les habitants de Solara, touchés par ces initiatives, commencent à voir les jeunes sous un nouveau jour. Ainsi, les jeunes inspirés par le courage et l'ingéniosité du maire, commencent à s'impliquer activement dans la communauté. Ils utilisent la technologie lumineuse pour créer des projets innovants, comme des jardins illuminés qui poussent sans soleil, des spectacles de lumière qui traduisent des scènes de théâtre, et des initiatives écologiques qui utilisent la lumière pour purifier l'eau et améliorer l'environnement. Également, des succès personnels émergent partout dans la ville tels que la réussite de Léo, un ancien chenapan qui, grâce au programme de réinsertion, est devenu un artisan talentueux, ou celle de Clara, délinquante primaire, qui a trouvé sa voie dans l'enseignement et aide maintenant d'autres jeunes à suivre le même chemin, soulignons aussi la réussite de Chloé, droguée notoire, qui grâce au programme de désintoxication, a pu se débarrasser de sa dépendance à la drogue et exerce aujourd'hui à la protection de l'enfance en tant qu'éducatrice spécialisée, également le succès de Martha, autrefois membre d'une bande de jeunes délinquants, connue pour ses actions rebelles et ses problèmes avec l'autorité. En dépit de cela, tout a changé lorsqu'elle a assisté à une démonstration de la technologie lumineuse de Willem assisté de son fils Robert. Inspirée par le potentiel positif de cette innovation, elle a décidé de changer de vie. Ainsi, avec l'aide des programmes de réinsertion mis en place par Robert et les autorités locales, Martha a eu l'opportunité de s'inscrire à des cours de formation en technologie lumineuse. Grâce à sa détermination et à sa soif de renouveau, elle a rapidement maîtrisé les compétences nécessaires pour travailler avec la lumière. Martha a commencé à utiliser ses nouvelles connaissances et aptitudes professionnelles pour aider sa communauté. Elle a développé des projets d'éclairage pour améliorer la sécurité dans les quartiers défavorisés, installant des lumières intelligentes qui réagissent aux mouvements pour dissuader les actes de vandalisme et de violence. Ses efforts ont été largement reconnus, et elle est devenue un modèle pour les autres jeunes cherchant à sortir de la spirale de la violence. En peu de temps, Martha est devenue une figure respectée à Solara. Les habitants, autrefois méfiants à son égard, ont commencé à voir en elle un symbole de rédemption et de courage. Sa transformation a montré que, peu importe le passé, chacun a la capacité de changer et de contribuer positivement à la société au sein de laquelle il vit.

**

Cependant, tout n'est pas facile et le maire, Willem Goscik, doit également faire face à la résistance de ceux qui doutent de l'efficacité des programmes mis en œuvre, et craignent pour la sécurité de la cité. Avec l'aide de ses enfants, Aurélia, Gilles, et Robert, il mène sans arrêt des campagnes de sensibilisation pour convaincre les plus sceptiques et renforcer la cohésion sociale.

Le Maître des ombres, voyant la cité se reconstruire et s'unir, intensifie ses efforts pour semer le chaos. Il envoie ses espions et saboteurs pour tenter de contrecarrer les projets en cours de réalisation. Mais l'esprit de solidarité et de résilience des habitants de Solara, renforcé par les initiatives de Willem, demeure inébranlable.

L'avenir de la ville semble plus prometteur que jamais, mais les défis à venir nécessiteront courage, détermination, et la participation de tous pour être surmontés.

Enfin, le maire collabore aussi avec des psychologues, des éducateurs, et des associations locales pour créer des espaces de dialogue, des ateliers de formation, et des opportunités d'emploi pour les jeunes. Son objectif est de leur offrir une alternative constructive à la violence et de réintégrer ces jeunes dans la société en tant que citoyens responsables. Martha n'ayant pas oublié d'où elle vient, a fondé un centre de mentorat pour les jeunes en difficulté, leur offrant un espace où ils peuvent apprendre, grandir, et trouver leur propre voie. Tablant sur ses propres expériences d'un passé pas si loin, elle a su établir une connexion authentique avec eux, les inspirant à croire en leurs propres capacités de transformation.

**

Parallèlement le maire, Willem Goscik, lance un grand plan de rénovation urbaine. Il fait appel à des experts en urbanisme pour moderniser les infrastructures de la ville, améliorer les transports en commun, et développer des espaces verts où les habitants pourront se détendre et se rassembler. Sous sa direction, des quartiers autrefois négligés sont transformés en zones dynamiques avec des commerces, des complexes médiatiques, des logements modernes, et des centres communautaires.

Solara amorce une métamorphose spectaculaire. Là où, il y a encore quelques mois, les façades délabrées et les terrains vagues donnaient une impression d'abandon, s'élèvent aujourd'hui des bâtiments modernes aux lignes épurées. Les anciens entrepôts en ruine laissent place à des centres communautaires animés, où les rires des enfants et les conversations passionnées résonnent jusque tard dans la soirée.

Le quartier des Mimosas, autrefois synonyme de danger une fois la nuit tombée, connaît désormais une véritable renaissance. Les rues, autrefois désertes, sont maintenant bordées de cafés, de librairies et de petites boutiques artisanales. Des familles s'installent dans les nouveaux logements, attirées par l'espoir d'un séjour confortable et d'un avenir meilleur.

Mais tout le monde n'apprécie pas cette transformation et cette nouvelle prospérité qui risquent de mettre fin à leur emprise sur la ville, et, dans les coulisses, certains gangs privés de leurs territoires voient d'un mauvais œil cette reprise en main.

Une nuit, une explosion retentit sur la place principale. Un local associatif, symbole du renouveau du quartier, est en flammes. Les habitants, choqués, se rassemblent autour du brasier, tandis que les sirènes des pompiers, qui se rendent sur les lieux de l'explosion, résonnent au loin. Le message est clair : certains ne veulent pas de ce changement.

Le maire, Willem Goscik, loin de se laisser intimider, prend la parole devant une foule inquiète le lendemain matin :

- Mes chers amis ! Nous ne céderons pas à la peur. Cette ville nous appartient et nous la construirons ensemble, aucune force ne pourra nous détourner de cette tâche. La foule ayant repris confiance, applaudit à tout rompre après les mots d'encouragement de leur maire.

**

En tant que maire, Willem Goscik accorde également une grande importance à l'éducation. Il travaille avec les écoles locales pour améliorer les programmes éducatifs, investir dans des technologies modernes et créer des partenariats avec des universités et des entreprises pour offrir des stages et des formations aux étudiants. Il croit fermement que l'éducation est la clé du futur de Solara et met tout en œuvre pour garantir que chaque enfant ait accès à une éducation de qualité.

Enfin, Willem Goscik s'attache à restaurer la confiance et la sécurité dans la ville. Il renforce les forces de la police municipale tout en promouvant une approche communautaire de la sécurité. Des programmes de voisinage sont mis en place pour encourager les habitants à travailler ensemble et à veiller les uns sur les autres. Il met également l'accent sur la transparence et la communication, tenant régulièrement des réunions publiques pour écouter les préoccupations des citoyens et les impliquer dans le processus décisionnel.

Mais, la tâche n'est pas facile, et Willem doit faire face à de nombreux obstacles. Les vestiges des violences passées ne disparaissent pas du jour au lendemain, et les résistances au changement sont nombreuses au sein de la population. Nonobstant cela, grâce à son leadership déterminé et à sa vision inclusive, il commence à redonner espoir aux habitants de Solara. Sa détermination à créer une ville où chacun peut prospérer et se sentir en sécurité inspire ceux qui l'entourent et rallie la communauté derrière lui.

Sous la direction de Willem Goscik, Solara entame un nouveau chapitre de son histoire, un chapitre marqué par la résilience, la solidarité et une aspiration collective à un avenir meilleur.

## Chapitre xx

## L'hommage vibrant de la population au maire

Après avoir libéré la ville de Solara du Maître des ombres et mis fin à la violence qui sévissait dans la cité sous la conduite du Seigneur de la lumière, les habitants de Solara ont décidé d'organiser une grande fête en l'honneur du maire Willem Goscik.

De ce fait, la place centrale de Solara est en effervescence. Pour l'occasion, les habitants ont décoré chaque coin de la ville avec des guirlandes lumineuses et des bannières colorées. Des stands de nourriture offrent des délices locaux, et la musique résonne joyeusement dans l'air. Les enfants courent partout en se tenant par la main, leurs rires ajoutant à l'atmosphère festive de l'instant.

Au centre de la place, une grande estrade a été dressée. Willem Goscik, le maire, y a pris place, entouré de Gilles, Robert, Aurélia, de ses proches collaborateurs, et des héros qui l'ont aidé à libérer la ville. Son visage rayonne de fierté et de gratitude à l'égard de ses administrés.

Non loin de là stationne un long camion, dont le plateau nu est recouvert de draps multicolores et de fourrures synthétiques du plus bel effet. Ce véhicule a été agencé en char de cérémonie par les services techniques et culturelles de la mairie, et décoré des nombreuses variétés de fleurs que l'on trouve dans la région, des guirlandes ainsi que des bannières agrémentent l'ensemble, également, des ampoules fluorescentes ont été accrochées aux ridelles de ce camion en prévision de la parade nocturne qui va se dérouler dans les rues de la ville à la tombée de la nuit. On peut aussi remarquer deux projecteurs laser fixés sur le toit, à l'initiative de Robert, ainsi qu'une tourelle installée à l'avant du char. Le maire se lève, sous les ovations, pour s'adresser à la foule :

- Mes chers administrés et amis, commence Willem Goscik, sa voix portée par les haut-parleurs accrochés aux lampadaires qui dominent la place. Aujourd'hui, nous célébrons non seulement notre victoire sur les ténèbres, mais aussi notre unité et notre détermination. Ensemble, nous avons prouvé que la lumière peut toujours triompher de l'ombre quelque soit le lieu où il se trouve.

La foule éclate en applaudissements et acclamations. Willem continue :

- Je tiens à remercier chacun d'entre vous pour votre courage, votre soutien, et votre résilience face à l'adversité[34]. Cette victoire est la nôtre, et elle marque le début d'une nouvelle ère pour Solara. Une ère de paix, de prospérité et de lumière.

Elle n'aurait pas été possible sans la détermination et l'unité de notre communauté. Nous avons surmonté bien des épreuves, démasqué de nombreux conspirateurs, et restauré la justice. Ce soir, nous célébrons non seulement la fin d'une période sombre, mais aussi le début d'une ère nouvelle, où chaque individu a sa place et peut choisir la voie qui mène à sa propre réalisation.

Nous avons beaucoup à accomplir. Notre entreprise familiale, fleuron de l'industrie de Solara, sera le pilier de notre prospérité future. Grâce à la technologie de la lumière, nous développerons de nouvelles innovations qui amélioreront notre qualité de vie, créeront des emplois et protégeront notre environnement.

Nous devons continuer à travailler ensemble, main dans la main, pour bâtir un avenir meilleur. La collaboration intergénérationnelle et l'inspiration mutuelle seront les clés de notre succès. Les jeunes de notre communauté sont notre avenir, et nous devons les soutenir et les encourager à poursuivre leurs rêves.

---

[34]État de celui qui éprouve des revers, qui est dans la détresse.

Que cette nuit soit un rappel de nos valeurs fondamentales : l'amour, la solidarité, et la lumière. Nous devons toujours veiller à ce que ces principes guident nos actions et nos décisions. En nous unissant autour de ces valeurs, nous garantirons un avenir radieux pour toutes les générations à venir.

Merci encore pour votre courage et votre soutien indéfectible. Ensemble, nous avons prouvé que même face à l'adversité, la lumière triomphe toujours des ténèbres. Continuons à avancer avec espoir et détermination, car ce n'est que le début de notre voyage vers un avenir plus brillant.

**

Alors que la nuit tombe, l'éclairage citadin s'active inondant la grande place de lumière, les ampoules fluorescentes, accrochées aux ridelles du camion, s'allument à leur tour, illuminant le char de cérémonie d'une lueur magique. Les habitants de Solara se rassemblent le long des rues, impatients de voir la parade nocturne. Les enfants, les yeux écarquillés de fascination, pointent du doigt les décorations scintillantes et les fleurs colorées.

Les festivités se poursuivent en ce début de la nuit qui s'annonce, entrecoupée de rires et de chansons, de danses et de jeux. Les lumières scintillantes éclairent la place, créant une atmosphère féerique qui enveloppe chaque habitant. Les rires et les discussions joyeuses des passants remplissent l'air, tandis que les artistes de rue divertissent les foules avec leurs talents impressionnants.

Les arômes appétissants des stands de nourriture flottent dans l'air, attirant les gourmands vers des délices culinaires locaux. Les enfants courent avec insouciance, leurs visages illuminés par l'excitation et la magie du moment. Tout autour, on peut sentir une énergie vibrante et une connexion chaleureuse entre les gens, faisant de cette place un véritable cœur battant de la communauté.

# Chapitre XXI

## Une célébration faites de sons et de lumières

La grande place est animée par les rires et les éclats de voix des enfants qui courent partout dans une ronde folle en se tenant par la main, leurs visages resplendissants de joie et d'émerveillement. Des feux d'artifice illuminent le ciel, créant des motifs éblouissants de lumière et de couleur. Les danses traditionnelles, exécutées par les groupes folkloriques de la cité, ajoutent une touche de magie à l'atmosphère festive. La place centrale de Solara est transformée en un véritable festival de sons, de lumières, de musiques, et de danses.

Les familles se rassemblent pour admirer le spectacle, partageant des rires et des moments de bonheur. Les stands de nourriture proposent des délices locaux, et les arômes appétissants de plats cuisinés flottent dans l'air. Les artisans locaux exposent leurs créations, ajoutant à la richesse culturelle de la soirée. La célébration se transforme en une fête des sens, où la musique envoûtante joue en arrière-plan tandis que les invités déambulent entre les étals, admirant les œuvres d'art uniques et les objets d'artisanat faits à la main. Les senteurs des spécialités culinaires locales emplissent l'air, titillant les papilles gustatives et incitant les convives à déguster les délices régionaux. Les rires et les conversations animées créent une atmosphère chaleureuse et conviviale, unissant des personnes venues de divers horizons pour célébrer la créativité et le savoir-faire artisanal.

**

Au centre de l'estrade, entourée de sa famille et de ses amis, Aurélia se lève et prend la parole à son tour, pour adresser ses remerciements à tous ceux qui ont contribué à la réussite de cette soirée :

- À vous, ma famille, mes amis, et toute la communauté de Solara, je vous exprime ma gratitude pour votre soutien indéfectible. Cette soirée est une célébration de notre unité, de notre résilience et de notre amour les uns pour les autres. Grâce à nos efforts communs, nous avons transformé Solara en un havre de lumière et de prospérité. Ensemble, nous avons combattu et vaincu les forces du mal et fait triompher la paix dans notre ville, ensemble, nous continuerons à avancer vers un avenir encore plus radieux.

Alors qu'Aurélia termine son discours, les lampadaires qui illuminent la place s'éteignent brièvement, plongeant la foule dans une attente difficile à contenir.

Puis, soudain, un spectacle de lumières encore plus grandiose commence. Des hologrammes lumineux, représentant des scènes de l'histoire de Solara et des figures importantes de la ville, apparaissent dans le ciel. Chaque hologramme raconte un chapitre marquant de l'histoire de Solara, de la construction de l'usine par Willem Goscik en tant qu'industriel à ses récentes victoires contre les forces obscures sous les traits du Seigneur de la lumière.

Les hologrammes montrent également des scènes de Willem Goscik, en plus jeune, découvrant les secrets de la lumière, de Martha perfectionnant la technologie lumineuse, et des moments de collaboration entre les habitants pour surmonter les obstacles. Les figures de Gilles, Robert, Aurélia et d'autres héros de la ville prennent vie dans le ciel, leurs actions courageuses racontées de manière spectaculaire.

Alors que les hologrammes continuent d'illuminer le ciel, des scènes en mouvement montrent la transformation de Solara en une ville de lumière et de progrès. Les bâtiments futuristes, les jardins illuminés, et les projets communautaires réalisés sont représentés avec une précision saisissante, transportant les spectateurs dans un voyage temporel et visuel captivant.

La foule, émerveillée par ce spectacle visuel et sonore, se lève pour applaudir. Les enfants pointent du doigt les hologrammes, reconnaissant les héros de leur ville et apprenant l'histoire de Solara d'une manière interactive et amusante. Les adultes partagent des sourires de fierté, se remémorant les défis surmontés et les progrès réalisés.

En hommage à Aurélia, un hologramme spécial est projeté dans le ciel, la représentant, ainsi que ses frères Gilles et Robert, dans leur quête pour révéler la vérité sur le Seigneur de la lumière et protéger l'héritage de Willem leur père.

Les spectateurs ressentent l'émotion et la détermination de cette jeune femme courageuse, inspirant chacun à suivre son exemple et à se battre pour ce qui est juste.

Le spectacle se termine par un final spectaculaire où des feux d'artifice éclatent en synchronisation avec les hologrammes, créant une explosion de lumières et de couleurs qui illuminent toute la ville de Solara. La place centrale est plongée dans une ambiance festive, marquée par les éclats de rire, les acclamations, et les applaudissements des spectateurs.

La foule, émerveillée, applaudit et acclame ce magnifique hommage rendu à leur maire, les habitants de Solara se promettent de continuer à travailler ensemble pour maintenir la lumière et la prospérité de leur ville. Les valeurs de solidarité, de courage, et d'innovation sont gravées dans leurs cœurs, et ils savent que, quoi qu'il arrive, ils feront toujours face aux ténèbres avec une détermination inébranlable.

**

La soirée se poursuit avec des spectacles musicaux et chorégraphiques incluant des prestations scéniques tant par les musiciens que par les danseurs, où chacun essaie de surpasser l'autre par ses talents musicaux ou ses aptitudes chorégraphiques, des jeux pour les enfants, et des moments de partage autour de grands feux de camp. Les rires, les chants, et les danses, créent une ambiance chaleureuse et festive. Les habitants de Solara se sentent plus unis que jamais, fiers de leur communauté et de leur avenir prometteur.

## Chapitre XXII

## Départ de la parade en fanfare joyeuse et dynamique

Enfin, débute la parade tant attendue, avec une fanfare joyeuse et dynamique, suivie par des danseurs en costumes traditionnels qui exécutent des chorégraphies envoûtantes. Le char de cérémonie s'ébranle à son tour avançant lentement, les deux lasers installés sur le toit créant des motifs visuels expressifs et dynamiques sur les façades des bâtiments. Les spectateurs applaudissent et acclament sans discontinuer, emportés par l'ambiance de carnaval qui règne.

Willem Goscik, le maire, se tient debout dans la tourelle à l'avant du char, saluant la foule avec un sourire chaleureux. Il est entouré d'Aurélia, Gilles, Robert, ainsi que des membres de la communauté qui ont contribué avec lui à la libération de la ville. Leur présence rappelle à tous les sacrifices et les efforts déployés pour ramener la paix à Solara.

Des drones équipés de puissants projecteurs précèdent la parade, ils avaient été construits et utilisés sous la direction de Robert, en charge des stratégies de défense, lors des violences qui avaient ensanglantées la cité de Solara pour suivre les déplacements des jeunes. Les voir, aujourd'hui participer à la parade est pour les habitants une source de réconfort et de joie. Ils illuminent la nuit de leurs projecteurs, survolant la parade avec grâce et précision. Leur présence, autrefois symbole de surveillance et de sécurité, est aujourd'hui un témoignage de la paix retrouvée à Solara. Les habitants lèvent les yeux vers eux, souriant et saluant ces gardiens silencieux qui ont joué un rôle crucial dans la protection de leur ville il y a longtemps de cela.

Robert, observant la scène depuis la tourelle, ressent une profonde satisfaction. Il sait que ces drones représentent bien plus que de simples machines volantes. Ils incarnent l'espoir, la résilience et la capacité de la communauté à se relever après des épreuves difficiles.

La parade avance lentement, le char illuminé et les danseurs en costumes colorés créant un spectacle éblouissant et fantasmagorique. Les lasers, synchronisés avec la musique, continuent de projeter des motifs lumineux qui dansent sur les façades des bâtiments, ajoutant une touche de magie à cette nuit déjà extraordinaire.

Les habitants de Solara, unis par cette célébration, se souviennent que leur ville avait traversé des moments difficiles, mais qu'elle en était sortie plus forte et plus soudée que jamais. La présence des drones dans la parade est un rappel poignant de leur parcours et de la lumière qui a triomphé des ténèbres.

La parade après avoir parcouru les principales artères de la ville sous les applaudissements et acclamations de la foule, se dirige jusqu'à l'orée de la forêt et s'arrête pas loin du lac où un grand feu d'artifice est prévu...

Le char de cérémonie s'étant immobilisé au milieu de la foule, Willem Goscik, le maire, qui se tient debout dans la tourelle avant aux côtés de ses enfants et de l'équipe municipale, se tourne vers son fils Robert, l'homme qui a joué un rôle crucial dans la protection de la ville. Ils échangent un regard complice, conscients du chemin parcouru et des défis surmontés.

- Robert, dit Willem, avec une voix empreinte de gratitude, sans toi, nous ne serions pas ici ce soir. Ta détermination et ton dévouement ont sauvé Solara. Robert, très humble, secoue la tête.

- C'est le travail de toute une équipe, père, chacun ici a joué un rôle important dans notre succès, mais sans toi, sous les traits du Seigneur de la lumière nous n'aurions pas remporté cette bataille décisive qui nous a concédé la victoire finale sur le Maître des monstres. Nous avons tous travaillé ensemble pour en arriver là et ramener la paix au sein de notre communauté.

Willem sourit.

- Tu as raison, fils, mais ta vision et ton leadership ont été essentiels.

Après avoir exprimer sa gratitude à son fils Robert, le maire, Willem Goscik, donne le signal du lancement aux pyrotechniciens, puis les feux d'artifice sont lancés, illuminant de nouveau le ciel nocturne de mille couleurs qui se reflètent dans les eaux du lac. Les habitants de Solara, émerveillés par le spectacle, s'arrêtent, pour certains au bord de la forêt, pour d'autres autour du lac pour admirer le feu d'artifice. Les explosions de lumière et de couleur brillent dans leurs yeux, créant une atmosphère de pure magie. Les enfants, assis sur les épaules de leurs parents, pointent du doigt les étoiles filantes de lumière qui traversent le ciel.

La musique s'élève vers les cieux, accompagnant les feux d'artifice dans une symphonie envoûtante. Les drones, toujours présents, projettent des motifs lumineux sur les arbres environnants, transformant la forêt en un royaume enchanté. Les habitants de Solara, unis par cette célébration, ressentent une profonde gratitude pour la paix retrouvée.

Alors que le dernier feu d'artifice éclate dans un bouquet final de lumières multicolores illuminant le ciel et le lac qui ne font plus qu'un, Willem, le maire, se tourne vers la foule et commence son discours par quelques mots de remerciements :

- Mes chers amis, je voudrais tout d'abord vous remercier pour le travail accompli, pour l'aide que vous

132

m'avez apportée durant ces moments difficiles, et surtout pour la confiance inébranlable que vous m'avez accordée lors de mes difficiles prises de décision. Merci à chacun d'entre vous pour votre courage et votre détermination. Ce soir, nous célébrons non seulement notre victoire, mais aussi notre unité et notre résilience. Ensemble, nous avons prouvé que la lumière peut toujours triompher des ténèbres. Alors que les acclamations sous forme de : « hourra au maire et au Seigneur de la lumière » retentissent, les visages s'illuminent de sourires et de fierté. Les habitants échangent des accolades chaleureuses et des mots de félicitations, savourant le goût doux de la victoire. L'ambiance est électrisante, chargée d'une énergie positive et de la promesse d'un avenir radieux. Les défis surmontés, les sacrifices consentis, et les heures de travail acharné trouvent enfin leur récompense en cette soirée mémorable.

Puis, la foule éclate en applaudissements et en ovations, marquant la fin d'une soirée inoubliable. Les habitants de Solara sont désormais conscients que, grâce à leur solidarité et à leur détermination, ils ont construit un avenir meilleur pour leur ville et leur communauté. Les habitants de la cité, unis par cette célébration commune, comprennent que leur ville enfin libérée a retrouvé sa lumière et sa joie, grâce à leur solidarité et à leur détermination.

Solara a retrouvé l'espoir et la lumière et est de nouveau un symbole de paix et d'harmonie comme il en était de cela il y a des années, les habitants de la cité, maintenant plus proches les uns des autres ont repris leurs activités, et les chants ainsi que les rires et les rondes des enfants ont de nouveau envahis les rues

Mais, il était écrit que cette quiétude n'allait pas durer...

** 

Effectivement, le destin semblait s'acharner sur la cité. Alors que Solara avait retrouvé sa lumière et sa joie de vivre, quelque jours plus tard, une terrible nouvelle allait, une fois de plus, jeter le doute et le désespoir dans le cœur des habitants et endeuiller à nouveau la ville. En effet, depuis quelques heures, tous les médias relayaient en continu l'information suivante, selon laquelle le maire et son épouse avaient péri dans le crash de leur avion personnel lors d'un vol qui devait les conduire à la ville voisine...

## Chapitre XXIII

## Le crash de l'avion de Willem et Natacha Goscik

La disparition tragique du maire Willem Goscik et de son épouse Natacha, suite au crash de leur avion, avait plongé les habitants de Solara dans un abîme de désespoir. Le choc fut si brutal que la ville, qui avait retrouvé son calme et sa sérénité après les terribles événements qu'elle avait eu à déplorer par le passé, sembla être suspendue dans le temps. Les rues, d'ordinaire animées par les marchés locaux, les rires, et les cris des enfants, étaient désormais empreintes de silence. Les habitants se retrouvaient, hébétés, dans l'ombre de cette perte colossale, certains n'hésitant pas à dire que leur ville était décidément sous l'emprise de forces occultes.

Durant les premiers jours, personne ne savait quoi faire. Le deuil collectif décrété par l'adjoint au maire était palpable dans chaque regard, dans chaque conversation murmurée. Les drapeaux en berne, les bougies électronique allumées, et les photos de Willem et Natacha Goscik tapissant les murs de la mairie et des cafés locaux, devenaient des symboles muets d'un amour incommensurable pour leur maire, et d'une communauté à nouveau brisée. Cependant, une semaine après l'accident, alors que des commentaires saugrenus inondaient la ville, un étrange événement survint. Une lettre anonyme fut déposée sur le bureau du chef de la police de Solara. Cette lettre, écrite avec un soin particulier, prétendait détenir des informations cruciales sur les circonstances du crash. Le ton était impérieux, voire menaçant. « Ce n'était pas un accident », stipulait-elle. « La vérité est bien plus sinistre. » Curieux et préoccupé, le chef de la police, le commissaire Odilon Rémilone, décide d'enquêter discrètement, sans en parler à personne. Le mystère s'épaissit quand d'autres lettres similaires arrivèrent, apportant des détails de plus en plus étranges. Certaines faisaient état de rumeurs de sabotage, d'autres évoquaient des enjeux politiques cachés, et certaines déclaraient ouvertement que le maire et son épouse n'étaient pas les seules cibles. Le mental des habitants, déjà fragilisés par les événements du passé, ceux-ci se mirent de nouveau à cogiter fermement. Ce qui avait commencé comme une profonde douleur collective se transforma lentement en un tourbillon de soupçons, de doutes et d'intrigues. Les anciens alliés de Willem, qui jusque-là n'avaient jamais remis en question sa gestion, commencèrent à se demander si certains de ses choix politiques n'auraient pas éveillé la colère de certaines personnes prêtes à tout. Solara, qui avait retrouvé sa joie et sa douceur de vivre en devenant à nouveau une ville tranquille et accueillante dans le cœur de ses habitants, et des touristes qui l'avaient de nouveau choisi comme lieu de prédilection pour le week-end et les vacances, se retrouve une fois de plus au cœur d'une affaire qui dépasse largement les frontières de la simple tragédie. Les secrets enfouis refont surface, et la vérité, s'il y en a une, semble toujours plus lointaine.

**\*\***

Nous sommes en l'an 2098, trois semaines se sont écoulées depuis le crash de l'avion de Willem Goscik dans lequel lui et son épouse Natacha ont trouvé la mort. Aurélia, âgée aujourd'hui de 41 ans, continue de se battre ainsi que, Gilles, Robert, et ses proches, pour que la lumière soit faite sur ce que certains qualifient d'accident, et d'autres d'un meurtre commandité par des puissances, qui restent dans l'ombre, mais dont le but avéré est de s'approprier l'entreprise familiale, fleuron de l'industrie de Solara et de sa région, fondée par Willem Goscik. Mais, qui sont ces commanditaires dont il est fait allusion dans les lettres anonymes déposées sur le bureau du chef de la police ?

La réponse concernant l'identité de ces commanditaires ne tarde pas à faire jour, les lettres anonymes, déposées régulièrement sur le bureau du chef de la police, contiennent des indices compromettants sur les bailleurs de fonds de ce complot. Chaque lettre semble être écrite par une personne bien informée, mais qui craint pour sa vie, on le serait à moins. Le chef de la police, le commissaire Odilon Rémilone un homme connu pour sa persévérance et son sens aigu de la justice, prend ces lettres très au sérieux et décide de mener une enquête approfondie.

Après des mois d'investigations, de recherches, et d'interrogatoires, il découvre que les commanditaires ne sont autres que des figures influentes de la ville, des industriels et des politiciens corrompus. Ils ont tout à gagner en s'emparant de l'entreprise familiale de Willem, qui détient des secrets technologiques capables de transformer l'industrie énergétique de la région.

Pour infiltrer ce réseau de conspirateurs, le chef de la police s'allie avec Aurélia et ses frères. Ensemble, ils mettent au point un plan pour les piéger et collecter des preuves irréfutables de leur culpabilité. Ils savent que leur tâche ne sera pas facile, car ces individus possèdent des ressources illimitées et des contacts partout dans la région et en dehors.

Aurélia, Gilles, et Robert, utilisent leur connaissance de l'entreprise familiale et de la technologie de la lumière pour créer des dispositifs d'écoute et des caméras de surveillance cachées. Grâce à ces outils, ils parviennent à enregistrer des conversations compromettantes et à découvrir les rendez-vous secrets des commanditaires.

Dans une confrontation décisive, le chef de la police, le commissaire Odilon Rémilone ainsi qu'Aurélia, Gilles, et Robert dévoilent les preuves de la conspiration devant toute la ville de Solara. Les commanditaires, pris au piège, tentent de fuir mais sont rapidement arrêtés. Traduits devant un tribunal, les conspirateurs sont jugés pour les crimes qui leurs sont reprochés, reconnus coupables après délibération, ils se retrouvent derrière les barreaux. La vérité éclate au grand jour, et la justice est enfin rendue.

Aurélia, Gilles, et Robert, peuvent respirer et poursuivre la gestion, de l'entreprise familiale qui échappe finalement à cette tentative d'appropriation. La communauté de Solara ainsi que la municipalité, satisfaites, de cet heureux dénouement qui a permis de rendre justice à leur maire et à son épouse, ont décidé d'exprimer leur reconnaissance à Aurélia, Gilles, Robert, et le chef de la police, le commissaire Odilon Rémilone qui sont célébrés comme des héros.

La ville de Solara, encore une fois sous la menace des ténèbres, retrouve enfin, lumière, espoir, et paix.

140

## Chapitre XXIV

## Les secrets enfouis de la vallée verte

Alors que la ville de Solara se réunit pour honorer ses héros, une nouvelle aventure se profile à l'horizon. Aurélia, avec son sens aiguisé de la justice, reçoit une mystérieuse lettre anonyme. Elle mentionne un ancien secret enfoui dans les profondeurs de la vallée environnante plus communément appelé la vallée verte à cause de son épaisse végétation, un secret qui pourrait changer le destin de Solara.

Gilles, toujours prêt à aider sa sœur, décide de se joindre à Aurélia pour découvrir la vérité derrière cette missive. Ils découvrent rapidement que la vallée cache les ruines d'une ancienne civilisation, et des indices laissent supposer qu'un trésor inestimable y est enterré. Mais ils ne sont pas les seuls à convoiter ce trésor. Une organisation secrète aux intentions nébuleuses semble également en quête de cette découverte...

Arrivée sur les lieux accompagnée de Gilles, Aurélia s'agenouille près des gravures anciennes, effleurant les symboles taillés dans la pierre avec une fascination mêlée d'appréhension. Le vent chaud de la vallée soulève un léger nuage de poussière autour d'elle et de Gilles, qui, debout les bras croisés, observe la scène d'un regard inquiet.

- Ces inscriptions ne ressemblent à rien que je connaisse, murmure Aurélia en prenant des notes dans son carnet électronique, puis en faisant quelques photos des inscriptions et du site à l'aide de son mini appareil numérique.

Gilles, qui n'est pas un archéologue chevronné[35], plissant les yeux, se permet d'émettre une hypothèse :

- Et si ce que nous avons sous les yeux est plus ancien encore que ce que nous pensons ?

Avant qu'Aurélia ne puisse répondre, un bruit dans les buissons les fait sursauter. Ils échangent un regard, puis Gilles lui fait signe de se taire. Doucement, il attrape son couteau de terrain et s'avance prudemment vers l'origine du bruit.

Une silhouette surgit soudainement des feuillages. C'est un homme en treillis, le visage partiellement dissimulé sous une cagoule sombre. Derrière lui, d'autres silhouettes apparaissent, toutes vêtues de la même manière.

---

[35]Qui a de l'expérience, qui est exercé, habile.

- Nous ne sommes pas les seuls ici, souffle Aurélia.

L'homme en tête du groupe s'approche, son regard froid fixé sur eux.

- Aurélia et Gilles Goscik, je présume, déclare-t-il d'une voix posée.

Gilles raffermit sa prise sur son couteau.

- Qui êtes-vous ? Demande-t-il, d'une voix empreinte de colère qui lui fait oublier sa peur du début.

L'inconnu esquisse un sourire à peine perceptible.

- Vous ne pensez quand même pas m'impressionner avec votre « épluche-patate », vous pouvez m'appeler Kirvack. Et je vous conseille fortement de quitter ces lieux. Vous mettez les pieds sur un territoire... sensible !

Aurélia serre les poings.

- Si ce site est si sensible, comme vous le laissez entendre, c'est qu'il cache quelque chose.

Kirvack hausse les épaules.

- Disons simplement que ce que vous cherchez appartient à d'autres... Et ces autres ne pardonnent pas qu'on empiète sur leur territoire !

Puis ajoute, ce qui ressemble à une menace à prendre très au sérieux :

- Dites-vous bien que si l'on ne vous a pas encore re-froidi c'est que vous le devez à votre notoriété, alors ne poussez pas trop loin le bouchon.

Un silence tendu s'installe, troublé seulement par les chants des oiseaux et le souffle du vent à travers les feuilles des arbres. Puis, derrière Kirvack, l'un de ses sbires reçoit un message dans son oreillette.

- Chef ! Ils arrivent ! S'exclame-t-il sans plus de dé-tails.

Le regard de Kirvack se durcit. Sans un mot, il fait un signe à son groupe, et en quelques secondes, ils s'éva-nouissent dans la végétation.

Aurélia et Gilles échangent un regard inquiet. Qui sont ces « autres » ? Et que cherchent-ils vraiment ?

Dans le lointain, un grondement sourd se fait entendre, quelque chose approche. La chasse au trésor vient à peine de commencer... Aurélia se dépêche de prendre quelques clichés de plus du site archéologique dans son ensemble, ceux-là destinés aux autorités policières. Puis ils quittent hâtivement les lieux.

De retour à Solara, Aurélia et Gilles se rendent immé-diatement aux bureaux du chef de la police, le commis-saire Odilon Rémilone. Reçu très rapidement par ce der-nier, ils lui font part de leur mésaventure, dans la vallée verte, et de leur désir de déposer une plainte pour me-nace de mort. Puis, Aurélia lui présente la lettre anonyme qu'elle a reçu et qui a déclenché toute l'affaire. Le commissaire Rémilone, après avoir pris connaissance du contenu de la lettre, la rassure en lui disant qu'elle ne devrait pas s'inquiéter car cette lettre aurait due être normalement adressée à la police, principale intéressée dans ce genre d'affaire.

Puis, le chef de la police, le visage empreint d'une gravité froide, écoute attentivement le récit d'Aurélia et Gilles. À mesure qu'ils racontent leur récit, une lueur de réflexion passe dans ses yeux.

- La vallée verte, dites-vous ? Relève-t-il, en prenant quelques notes rapides sur un calepin électronique.

Une fois leur récit terminé, Rémilone pose son stylo avec un soupir.

- Vos informations pourraient se révéler beaucoup plus importantes que vous ne le pensez, souligne-t-il. La vallée verte a été le théâtre de plusieurs incidents troublants ces derniers mois. Des rumeurs... et maintenant une menace de mort.

Il lève les yeux vers eux, l'air résolu.

- Rassurez-vous, nous allons pouvoir agir rapidement grâce à votre dépôt de plainte. Mais pour cela, j'aurai besoin de tous les détails, même les plus insignifiants. Vous souvenez-vous de quelque chose qui pourrait nous aider à identifier cet individu ou ce qu'il cherche ?

- Ils étaient environ une dizaine, reprend Gilles, habillés en treillis et le visage masqué, l'un deux avait une oreillette à l'oreille semblant être en liaison avec un comparse qui devait se trouver ailleurs faisant le guet. Celui qui paraissait être le chef nous a appelé par nos noms et prénoms, et a répondu qu'il s'appelait Kirvack lorsque j'ai voulu savoir à qui j'avais à faire.

- C'est peut-être un faux-nom ou son nom de guerre, fait remarquer le commissaire Rémilone.

Le chef, poursuit Gilles, disons celui qui semblait commander ou diriger le groupe, nous a intimé l'ordre de quitter immédiatement les lieux, car très dangereux pour nous, en précisant que ce que nous cherchions appartient à d'autres, et que ces autres ne pardonnent pas. C'est à ce moment que les menaces sont devenues claires, quand il nous a dit que si on était encore en vie que c'était grâce au fait que nous soyons connus.

- Nous y sommes fait le commissaire Odilon Rémilone, ils sont à la recherche d'un trésor ancien qui se trouve certainement sur les lieux.

Puis, continue Gilles, celui qui portait l'oreillette a reçu un message qu'il a transmis à son chef : « ils arrivent », a-t-il simplement dit. Après ils ont disparu très rapidement sous la végétation.

Donc, dit le commissaire Odilon Rémilone, ils sont plusieurs sur l'affaire.

Commissaire, intervient Aurélia, si cela peut vous aider dans votre enquête je vous ai apporté quelques photos du lieu, il suffit de les transférer sur votre terminale.

C'est une très bonne idée d'y avoir pensé, répond le commissaire Rémilone, elles seront précieuses pour mes prochaines investigations et je vous en remercie chaleureusement mes très chers amis.

## Chapitre XXV

## Contact avec le centre archéologique de Solara

Après avoir quitté les bureaux du chef de la police, Aurélia et Gilles prennent rapidement contact avec le centre archéologique de Solara. La liaison télé-numérique ayant été établie, l'archéologue en chef, le professeur Nestor Gualdian, répond en personne à l'appel. Rapidement Aurélia lui fait part de sa découverte et celui-ci, face à une information aussi incroyable, ayant du mal à cacher son enthousiasme, l'invite à passer dès que possible au centre, Aurélia, impatiente de découvrir l'énigme qui se cache derrière ces inscriptions et le secret que gardent ces ruines, annonce au professeur Nestor Gualdian qu'ils sont en chemin et qu'ils seront bientôt au centre...

Le drone, avec Gilles aux commandes, se pose doucement sur la terrasse de l'immeuble, de seize étages, emplacement réservé aux quelques drones qui ont le droit de se déplacer au-dessus de la ville. Un ascenseur anti-gravitationnel les conduit directement au bureau du professeur Gualdian qui doit être impatient de les voir ainsi que les inscriptions.

Les portes de l'ascenseur s'ouvrent face au bureau du professeur Gualdian qui les attend sur le seuil.

- Bonjour mes enfants, dit-il, affectueusement, serrant dans ses bras Aurélia et Gilles qu'il connaît depuis leur plus tendre enfance et, ne pouvant cacher son excitation, les pousse presque, dans son bureau :

- Montrez-moi ces inscriptions, dit-il, d'un ton qui dénote son impatience, son intérêt étant en train d'accroître pour ce qu'il pense être une découverte majeure.

Aurélia sort son appareil numérique de sa poche et presse un minuscule bouton, aussitôt l'image s'affiche sur l'écran du moniteur numérique fixé au mur. Le professeur Gualdian fait rouler son fauteuil bureautique et se rapproche au plus près de l'écran.

Au bout de quelques secondes, il commence à se gratter le haut du crane, se lève, tourne sur lui-même et se rassoit, « ce n'est pas possible » l'entend-t-on murmurer. Il se tourne alors vers le clavier du terminal informatique et transfère les inscriptions affichées sur le moniteur vers son écran d'ordinateur et clique sur recherche. La réponse est immédiate : « caractère inconnu »

Aurélia un peu désemparée se résout à le rejoindre près de son matériel informatique.

150

- Que se passe-t-il professeur Gualdian ?

- Les inscriptions que vous avez photographiées sont inconnues, ma chère Aurélia, cela veut dire aucun moyen de traduction possible donc aucune possibilité d'en apprendre sur ce peuple qui a bien existé quelque part et dont on découvre les vestiges de leur passage ici.

Mais, professeur, comment expliquer que cette écriture, qui existe pourtant, ne soit pas répertorié dans les terminaux informatiques archivant les découvertes archéologiques du monde entier ? Demande Aurélia qui espérait tant avoir des réponses.

- Je suis encore désolé ma chère Aurélia, mais malgré les nombreuses études qui ont été menées à ce sujet, cela signifie que de nombreuses zones d'ombre demeurent encore aujourd'hui sur l'histoire de notre humanité. Mais ne soyez pas trop déçue, vous et Gilles, êtes à la base d'une grande découverte dont nous n'imaginons pas encore les répercussions sur l'histoire proprement dite et les ramifications sur les plans culturels et commerciaux qui pourrait en découler.

- Pourtant, professeur Gualdian, revient à la charge Aurélia, vous paraissiez tellement, « retourné », après avoir vu ces inscriptions, que je n'ai pu m'empêcher d'en tirer des conclusions, un peu hâtives je le conçois, concernant l'importance que ces inscriptions pourraient avoir à vos yeux.

- En effet, Aurélia et vous Gilles, l'importance est considérable, car nous sommes à l'aube de la découverte

151

d'une nouvelle civilisation qui a existé dans notre passé antique et totalement inconnue à ce jour. Cela suppose que les hommes à l'origine de cette civilisation et qui n'étaient peut-être pas un peuple guerrier, avaient certainement développé une stratégie commerciale basée sur des échanges avec des peuples comme nos ancêtres vivant au nord-ouest de la France par exemple. Votre découverte, mes chers enfants, revêt une importance considérable pour les historiens et scientifiques de la planète. Bien entendu, l'intérêt ne sera pas le même pour les aventuriers de tous bords qui auront entendu parler de cette vallée, alors je vous conseille pour le moment d'être discret concernant votre découverte.

C'est à cet instant précis qu'Aurélia et Gilles se souviennent de leur mésaventure dans la vallée et en font part au professeur Gualdian.

- Nous avons oublié de vous en parler, professeur, pressés de savoir ce que signifiaient ces inscriptions, mais nous avons reçu des menaces de mort, d'hommes masqués et vêtus de treillis alors que nous étions sur le site, et, il semble qu'ils ne soient pas les seuls à être intéressés par ces ruines .

- Vous avez dit des menaces de mort ? S'étonne le professeur, j'espère que vous avez vu les autorités policières et déposé une plainte en bonne et due forme.

- Ne vous inquiétez pas professeur, tout cela a été fait, et le commissaire Odilon Rémilone nous as conseillé de rester loin des ruines jusqu'à ce que les lieux soient complètement sécurisés.

Les inscriptions photographiées par Aurélia, bien que captivantes, restent un mystère. Leur nature inconnue rend impossible toute tentative de traduction, ces inscriptions n'ayant pas été répertoriées dans les systèmes informatiques mondiaux, empêchant ainsi toute compréhension de la culture et de l'histoire du peuple qui les a gravées.

L'absence de clés de décryptage, concernant cette écriture, laisse planer un voile d'incertitude sur l'identité et la civilisation de ce peuple, laissant les chercheurs face à un défi majeur. La découverte de ces vestiges témoigne de l'existence d'une culture passée, mais leur méconnaissance rend impossible l'accès à leur histoire. Et, seuls les objets collectés sur le site lors des fouilles ainsi que leur inventaire, pourront peut-être nous laisser entrevoir un aspect marquant de leur civilisation.

L'analyse de ces inscriptions inconnues ouvre la voie à de nouvelles recherches et investigations, qui pourraient potentiellement révéler des indices précieux, permettant de percer le mystère de ces inscriptions et de mieux comprendre le passé de ce peuple.

**

Le commissaire, Odilon Rémilone, avait commencé, depuis quelques jours déjà, ce qu'il appelait une action de nettoyage sur le site de la vallée verte. En plus des importants moyens policiers mis en œuvre pour le dérou-

153

lement de l'opération, il s'était adjoint le concours d'Aurélia, Gilles, et Robert. Grâce à ce dernier, la technologie lumineuse utilisée avait permis d'arrêter très rapidement des individus peu recommandables qui évoluaient sur le site ou dans ses environs. Ainsi donc, la traque contre les bandes de criminels qui sévissaient dans la vallée avait été couronnée de succès, l'homme qui avait proféré des menaces contre Gilles et Aurélia, celui qui disait s'appeler Kirvack, avait été identifié et arrêté, ainsi que toute les organisations criminelles présentes sur les lieux, environ une trentaine d'individus qui se combattaient afin d'avoir le contrôle sur d'éventuelles retombées en pierres précieuses et métaux précieux qu'ils espéraient trouver dans des ruines aussi anciennes…

Traduits devant un tribunal en comparution immédiate, pour association de malfaiteurs, intimidations, et menaces de mort, ces individus, à la suite de leur jugement ont été condamnés à de lourdes peines de prison et placés pour longtemps derrière les barreaux.

# Chapitre XXVI

## Le site archéologique de Solara

La vallée verte ayant été ainsi sécurisée, Aurélia contacte aussitôt le professeur Nestor Gualdian afin de lui faire part de cette excellente nouvelle. La liaison télé numérique à peine établie, elle annonce sans préambule :

- Bonjour, professeur Gualdian, je voulais vous annoncer que la vallée verte est sécurisée et que plus rien ne s'oppose à ce que nous commencions les fouilles.

- Bonjour, Aurélia, votre enthousiasme est très communicatif, sachez, cependant, que j'ai déjà fait le nécessaire auprès de mon équipe et que nous ne tarderons pas être bientôt sur le site, mon ami le commissaire Rémilone m'ayant tenu informé régulièrement des progrès de l'opération qu'il dirigeait et qui s'est terminée par un succès total.

Cela faisait cinq mois que les fouilles avaient débuté sous la direction du professeur, Nestor Gualdian, assisté d'Aurélia, enfin heureuse de participer à ces fouilles. Robert, comme à son habitude, avait mis au point un système de détection à résonance ultra-sonique qui avait permis de délimiter au centimètre prêt le pourtour du site. Cela avait permis d'aller très vite au niveau des fouilles, sachant exactement où il fallait creuser. Au bout de ces cinq mois d'un méticuleux travail d'équipe, les objet collectés, tant les bijoux que les plaques de pierre avec des inscriptions dans une écriture inconnue et non répertorié, les ustensiles, les amphores, les outils en terre cuite, avaient été nombreux. Les ruines, chose curieuse, n'étaient pas protégées par des murailles comme on aurait pu l'attendre d'une ville antique, d'ailleurs, parmi les objets collectés nous n'avons pas trouvé d'armes. Le professeur, Mario Seratini, ami de longue date du professeur, Nestor Gualdian, et directeur du centre archéologique de la ville de Florence en Toscane, avait été invité par son ami à participer aux fouilles accompagné de son équipe. Les deux hommes animés par la même passion se connaissent depuis de nombreuses années et s'estiment mutuellement. Mario pose amicalement sa main sur l'épaule de son ami le prenant à part :

- Ne trouvez-vous pas étrange, cher Nestor, que parmi la profusion d'objet collectés depuis cinq mois, que nous n'ayons rien trouvé qui ressemble de près ou de loin à une arme ?

Le professeur Gualdian se tourne vers son ami en se grattant le sommet du crane, un geste habituel chez lui quand il se trouve soumis à une intense réflexion :

- Mon cher Mario, dit-il, comme vous l'avez souligné c'est également mon avis, sachant, vous et moi, que de nombreuses civilisations antiques, même celles étant pacifiques et dénuées de toutes agressivités, possédaient des armes pour se défendre en cas d'attaque venue de l'extérieur, ici, ce n'est pas le cas et je trouve cela plutôt curieux, d'autant plus que ces hommes devaient être très éloignés de leur base.

- On peut penser dans ce cas qu'il s'agissait d'un comptoir commercial ou d'une concession, ce qui expliquerait qu'ils vivaient empreints d'un sentiment de sécurité, qui ne motivait aucunement la possession d'une arme, même de défense, fait valoir Mario Seratini.

- Nous avons en notre possession, mon cher ami, fait remarquer le professeur Gualdian, un nombre incalculable de plaques avec des inscriptions et nous en sommes réduit à des hypothèses parce que intraduisibles pour nous, j'avoue que c'est frustrant !

À cet instant, le dialogue entre eux est interrompu par la venue d'un des ouvriers qui secondent l'équipe archéologique :

- Venez voir, professeur Gualdian, dit-il, au comble de l'exaltation, nous avons trouvé un genre de bouclier tout en or.

Gualdian et Seratini se rendent immédiatement sur les lieux de la trouvaille… En effet il s'agit d'un disque en or massif, mais ce n'est pas véritablement ce que l'on pourrait appeler un bouclier... à taille humaine.

- Quel géant serait capable d'utiliser un bouclier d'une telle dimension ? S'interroge à voix basse Seratini ?

- Ça ne peut pas être un bouclier, fait remarquer Gualdian, et puis, pourquoi en or ?

- Moi, dit Aurélia, je pencherai plutôt pour un objet rituel, d'ailleurs, renchérit-elle, la forme concave de cet objet que nous avons pris pour un bouclier s'y prête.

- Je serai assez partisan de votre idée, dit Seratini. Ne pouvant pour le moment échafauder que des hypothèses, notre seul espoir est que cela débouche sur quelque chose de moins hypothétique et de plus concret.

- Je vous approuve entièrement, répond Nestor Gualdian, nous devons continuer à émettre des hypothèses, même les plus farfelues soient-elles, si cela nous aide à comprendre la présence de ruines provenant d'une civilisation inconnue dans cette partie de notre pays. En attendant nous devons continuer les fouilles et surtout les protéger de la convoitise des hommes en mettant en lieu sûr cette découverte que nous venons de faire, en attendant d'en savoir plus sur elle...

## Chapitre XXVII

## L'inauguration du musée de Solara

Cela faisait quatre années que les fouilles avaient débuté sur le site archéologique de la vallée verte, un musée avait été construit sur la partie du site où les fouilles avaient été comblées afin de gagner de l'espace. Aujourd'hui c'est le grand jour celui de l'inauguration du musée...

Le soleil se lève à peine lorsque les premiers arrivés commencent à affluer vers le musée flambant neuf. Les invités, un mélange de chercheurs, d'archéologues, et de curieux venus des quatre coins du pays, se rassemblent sous le grand portique du musée. Une brise légère porte avec elle l'odeur de la pierre fraîchement taillée, rappelant les trésors cachés que ce lieu abrite désormais. Les autorités locales, les archéologues ayant participé aux fouilles et quelques journalistes sont présents sur le site pour assister à l'inauguration tant attendue. La façade moderne du bâtiment contraste avec les vestiges antiques qu'il abrite.

Le directeur du centre d'archéologie de Solara et initiateur du projet : « musée de Solara », le professeur Nestor Gualdian, auquel sont associés Aurélia, Gilles et Robert, prend la parole, dominé par une émotion palpable.

- Mes chers amis, dit-il, nous voici réunis pour l'inauguration du musée de Solara. Ce n'est pas seulement une célébration du passé, ajoute-t-il, avec un sourire radieux aux lèvres, mais un hommage rendu à cette civilisation qui semble-t-il ne connaissait pas les affres de la guerre, à ce peuple, dont nous ne savons rien, mais dont nous avons retenu l'essentiel, ils vivaient en paix. Ce peuple, dont vous pourrez découvrir son âme créatrice à travers ses œuvres exposées dans ce musée pont entre eux et nous. Ce fil ténu qui nous relie, ces fragments d'histoire inscrits sur des pierres et dont nous ignorons les récits, doivent nous rappeler qui nous sommes et d'où nous venons, et que nous sommes tous issus de la même matrice créatrice. Ce lieu sera un témoin du passé et une source d'inspiration pour les générations futures.

Puis, sous les acclamations de la foule, le professeur, Nestor Gualdian, chef du projet, visiblement ému, s'avance avec des ciseaux d'argent vers le ruban rouge étendu devant l'entrée du musée. En un geste solennel, il coupe le ruban, libérant ainsi le passage vers ce sanctuaire du savoir et de la découverte. Les portes s'ouvrent enfin, et les premiers visiteurs pénètrent dans le musée, émerveillés par la richesse des objets exposés. Le bouclier en or massif fixé sur un présentoir, massif lui aussi, est l'objet de tous les regards et de toutes les attentions. Une statue majestueuse, découverte sur le site, et trônant un peu plus loin, est, elle aussi, le centre où convergent les regards. Les visiteurs entrent, fascinés par cette expérience inattendue, découvrant des fresques restaurées, des bijoux en or et des pierres précieuses, des outils anciens, des ustensiles de la vie courante de cette époque, et des récits d'une période révolue écrits sur des tablettes en pierre, même s'ils ne comprennent pas le sens de ces écrits, mais peu importe, ils se sentent connectés avec ces voyageurs du passé qui leurs ont laissé un message d'amour à travers leurs œuvres exposées ici en ce lieu de partage et de savoir.

En somme, Solara en plus d'avoir retrouvé son âme d'antan, a accueilli celles de nos frères inconnus, voyageurs du passé.

## Chapitre XXVIII

## Aurélia envahie par les souvenirs du passé

Aurélia, en ce soir de décembre de l'année 2126 est toujours étendue sur le sol de la place centrale après l'agression dont elle vient d'être la victime. Le visage de Jean, son ami de toujours, celui qui l'avait sauvée d'une mort certaine lors de l'attaque du Maître des ombres et de son armée composée des jeunes de la cité, s'estompe lentement pour laisser place à celui de sa mère, Natacha, un visage régulier posé sur un corps mince et élancé qu'elle avait hérité de la danse qu'elle pratiquait assidûment avant sa rencontre avec Willem et ce depuis sa plus tendre enfance. Aurélia se revoie, petite fille, jouant avec la chevelure blonde et ondulée de sa mère qui s'étalait en en une large cascade sur ses épaules, plongeant son regard d'enfant dans ses yeux azur. Aurélia se souvient, comme si c'était hier, de ses mouvements toujours empreints de la grâce et de la fluidité qu'elle avait acquises

163

au fil des années de pratique. Pour elle, étant encore une petite fille, chaque geste de sa mère semblait être une chorégraphie soigneusement exécutée, même dans les moments les plus ordinaires de la vie quotidienne.

Depuis sa rencontre avec Willem, sa vie avait pris une nouvelle direction. Bien qu'elle ait mis de côté la danse professionnelle, elle continuait à pratiquer pour le plaisir, trouvant dans ces moments de solitude une connexion profonde avec elle-même. Willem, toujours attentif et compréhensif, l'encourageait à poursuivre cette passion qui la rendait si vivante.

Natacha, quelquefois, se laissait submerger par la nostalgie des bons moments de sa jeunesse, et se souvenait des heures passées à répéter devant le miroir, perfectionnant chaque pirouette et chaque arabesque. La danse avait été sa passion, son échappatoire, et elle la lui avait bien rendue en lui apportant de la discipline et une force intérieure qui l'avaient aidée à traverser les épreuves de la vie.

Un soir, alors qu'elle dansait dans leur salon, Willem qui l'observait avec une admiration sans borne ne put s'empêcher de lui dire :

- Tu es magnifique, mon amour ! La danse fait vraiment partie de toi, et je suis heureux que tu continues à la pratiquer. Elle te donne une lumière que rien d'autre ne peut remplacer.

Elle sourit, touchée par ses mots empreints d'admiration et d'amour, et lui répondit :

- Merci, Willem. La danse m'a appris à être forte et à trouver la beauté dans chaque mouvement. Et avec toi à mes côtés, je me sens plus complète que jamais.

Leur amour, comme une danse, était une harmonie de mouvements et d'émotions, une chorégraphie de deux âmes qui s'étaient trouvées et qui dansaient ensemble à travers la vie.

Pour Aurélia étendue sur le sol de la grande place, ce soir de décembre de l'année 2126, les souvenirs affluent, chaque détail revenant avec une clarté surprenante. Elle se revoie, petite fille, assise sur les genoux de sa mère, écoutant ses histoires fascinantes qui semblaient toujours avoir une connotation morale cachée, la douce mélodie de sa voix résonnait encore dans son esprit, apportant un sentiment de réconfort et de sécurité.

Elle se souvient des après-midis passées à cueillir des fleurs dans le jardin, sa mère lui apprenant les noms de chaque plante et leur signification, ainsi que celles que l'on pouvait utiliser pour ce soigner, même si la médecine moderne avait fait un bond énorme.

Ces moments partagés étaient empreints de tendresse et de complicité, des instants précieux gravés à jamais dans sa mémoire. Pour elle, ces souvenirs ont toujours été un trésor inestimable, une source de force et d'inspiration dans les moments difficiles quand elle n'était encore qu'une jeune fille et qui l'aidaient à avancer dans la vie. À cette époque de son existence, elle était consciente que, même si sa mère n'était plus physiquement présente, son amour et ses enseignements continuaient de vivre en elle, guidant chacun de ses pas.

Alors que le visage de sa mère s'efface doucement celui de son père s'impose peu à peu à elle comme dans un rêve, il est entouré d'un voile de lumière éclatante comme l'était le Seigneur de la lumière. Elle se souvient de ses bras protecteurs, de sa voix rassurante et de son sourire bienveillant. Il avait toujours été son roc[36], son guide[37] dans les moments de doute et de peur.

Elle se revoie, petite fille, courant vers lui après une journée d'école, impatiente de lui raconter ses aventures. Il l'écoutait avec une attention soutenue, ses yeux brillants de fierté et d'amour. Chaque mot, chaque geste de sa part était empreint de sagesse et de tendresse.

Le souvenir de son père lui rappelle cette paix intérieure, cette force tranquille qui l'aidait à affronter les défis de la vie alors qu'elle n'était encore qu'une jeune femme. Son père ne fait plus partie de ce monde depuis déjà bien longtemps, mais il est toujours présent dans son cœur et dans ses pensées. Son souvenir est à jamais gravé dans sa mémoire depuis tout ce temps. Elle est consciente que, même s'il n'est plus présent physiquement, son esprit veille toujours sur elle, comme un phare dans la nuit.

---

[36]Masse de pierre très dure, qui tient au sol, pouvant servir de support. Au sens propre les parents sont des supports pour leurs enfants.
[37]Celui ou celle qui dirige, conduit dans la vie. Un père, une mère sont des guides pour leurs enfants.

Elle ferme les yeux un instant, laissant les souvenirs l'envelopper comme une douce étreinte, une douce chaleur contre le froid qui l'envahit. Lorsqu'elle les ouvre, elle ressent une vague de nostalgie et de gratitude envers sa mère et son père qui lui ont tant donner, à cet instant, elle sent une petite main effleurer son visage, c'est celle d'Olivier. Le jeune garçon a fini par s'apercevoir du drame qui se joue à ses pieds. Les yeux écarquillés de stupeur, il observe la scène avec une intensité nouvelle. Il comprend soudainement l'ampleur du drame qui se déroule sous ses yeux. Son cœur bat la chamade. Il se penche affectueusement vers sa grand-mère.

- Qu'est-ce que tu as Mamie, demande -t-il ? Sa voix tremblante d'inquiétude.

Aurélia ouvre faiblement les yeux.

- Ne t'inquiètes pas mon chéri, dit-elle ne voulant pas l'alarmer davantage, j'alerte les secours, ils seront bientôt là.

Puis, elle utilise ses dernières forces pour appeler les secours en posant le bout de son index sur le lecteur digital incorporé à la bague qu'elle porte à un de ses doigts. C'est une alarme de détresse miniature, une invention de Robert à l'époque où Solara était submergée sous les violences du Maître des Ombres et des jeunes sous sa coupe.

Pendant ce temps, Olivier s'assoie près de sa grand-mère et tente de la rassurer.

- Ne t'en fait pas, Mamie, murmure-t-il, essayant de cacher sa propre peur. Il prend sa main et la serre doucement, espérant lui transmettre un peu de réconfort.

## Chapitre XXIX

## L'arrivée des secours et l'évacuation d'Aurélia

- Les minutes semblent s'étirer à l'infini, mais enfin, les sirènes des ambulances retentissent au loin et un drone de secours apparaît dans un concert de sirènes et de feux tournoyants et se pose sur la grande place. Olivier sent en cet instant un soulagement immense l'envahir. Il sait qu'il a essayer d'aider au mieux sa grand-mère, et espère de tout cœur qu'elle aille mieux.

Les ambulances arrivées à leur tour sur la place, déversent leur contingent de secouristes et personnel médical. Un médecin s'approche rapidement d'Aurélia un appareil médical d'un nouveau genre autour du coup, il tient à la main droite un instrument cylindrique ayant la forme d'un microphone et le pointe dans sa direction les yeux fixés sur l'écran de contrôle de l'étrange appareil.

- Elle est vivante, déclare-t-il, satisfait, puis s'adressant à l'équipe médicale, dépêchez-vous de la connectez au régénérateur corporel.

Avec une précision et une rapidité impressionnantes, les ambulanciers, placent Aurélia à l'intérieur du drone médicalisé, puis les parois du drone se referment doucement, créant un environnement stérile et sécurisé. À l'intérieur, des lumières douces et apaisantes illuminent l'espace, tandis que le régénérateur corporel se met en marche.

Aurélia, bien que consciente de la gravité de sa situation, ressent un certain réconfort en voyant l'efficacité et la technologie avancée qui l'entourent sachant que son frère Robert a été un membre de l'équipe de chercheurs qui ont contribué à leurs élaboration et construction. Les appareils de survie se connectent à elle, surveillant ses signes vitaux et lui administrant les soins nécessaires.

Puis le drone médicalisé décolle en douceur, s'élevant au-dessus de la ville de Solara. À travers ce qui ressemble à un hublot, Aurélia peut voir les lumières de ce soir de noël qui continuent de briller, un rappel de cette fête dédiée à l'amour entre tous les humains et qui fait la joie de sa communauté. Le bourdonnement du drone médicalisé vibre doucement autour d'elle, son corps relié aux appareils de survie. Son souffle est court, mais son esprit reste en alerte, le régénérateur corporel n'ayant pour l'instant pas pris le contrôle total de ses fonctions vitales, étant configuré seulement pour assurer la stabilité de son système physiologique et psychique le temps du transfert à l'hôpital. Ainsi, à travers ce qui s'apparente à un hublot, elle continue d'observer, comme dans un rêve, les lumières de la ville qui s'étirent comme un tapis scintillant sous le drone.

Un sourire fatigué étire ses lèvres. Malgré tout ce qu'elle venait de traverser, malgré la peur et la douleur, la ville reste debout tout comme elle.

« Stabilisation en cours, » énonce une voix synthétique à travers les haut-parleurs du drone. « Arrivée prévue dans trois minutes ».

Aurélia ferme un instant les yeux. Trois minutes avant d'atteindre le centre hospitalier où l'équipe médicale l'attend. Trois minutes pour respirer, pour réaliser ce qui venait de se passer.

Tout avait basculé en quelques secondes dans cette petite rue déserte. L'agent de police qui s'était écroulé en venant leur porter secours, elle et son petit-fils Olivier. L'attaque imparable qu'elle avait subie à son tour, et enfin, ce coup violent porté à la tête lors de l'agression. Et maintenant, elle se retrouve ici, en sécurité, survolant la ville qu'elle aime tant.

**

Pendant ce temps, Robert, informé de la situation, suit le drone à distance grâce à un écran de contrôle. Il sait que chaque seconde compte et espère de tout cœur que les avancées technologiques qu'il a contribué à développer depuis toutes ces décennies permettront de sauver Aurélia sa sœur bien-aimée.

Le drone se dirige rapidement vers l'hôpital le plus proche, où une équipe médicale d'élite attend déjà son arrivée. À l'atterrissage, les portes du drone s'ouvrent et les médecins prennent immédiatement en charge Aurélia, la transférant avec précaution vers une salle d'opération équipée des dernières innovations techniques en matière de soins médicaux.

Robert, observant la scène depuis son écran, se sent envahi par un mélange d'inquiétude et d'espoir. Il sait que la bataille pour sauver Aurélia ne fait que commencer, mais il est déterminé à tout faire pour qu'elle puisse retrouver la lumière et la joie de vivre.

Olivier, après avoir suivi la prise en charge de sa grand-mère par les médecins et secouristes, sans prononcer un seul mot, s'adresse enfin à la responsable médicale qui lui a été affectée lors de l'arrivée des secours.

- S'il vous plaît, Madame, est-ce que ma grand-mère va guérir ?

La responsable médicale, le Dr. Mélanie Bonardin spécialiste en psychologie enfantine lui répond avec gentillesse évitant ainsi d'augmenter son anxiété.

- Ne t'inquiète pas Olivier, ta grand-mère ira de mieux en mieux jusqu'à ce qu'elle se rétablisse complètement, mais cela prendra peut-être un peu de temps.

- Tu me connais ? L'interroge le jeune garçon.

- Je sais que tu t'appelles Olivier, mon prénom, à moi, c'est Mélanie.

- Enchanté Mélanie, répond l'enfant du haut de ses six ans en tendant la main à sa pédopsychologue[38] du moment.

- Moi de même, répond Mélanie en serrant la main tendue du garçon, enchanté de te connaître Olivier.

À cet instant, un drone constellé de lumières multicolores se pose sur la grande place interrompant les présentations entre la pédopsychologue et le jeune garçon.

- C'est mon oncle ! S'exclame Olivier, ayant identifié le drone de Gilles.

En effet, il s'agit bien de Gilles venu récupérer son petit neveu après avoir suivi l'évacuation d'Aurélia vers l'hôpital le plus proche du lieu de l'agression. À peine Gilles descendu du drone, Olivier sort de l'ambulance où il se trouvait sous la vigilante attention du Dr. Mélanie Bonardin et se précipite vers son oncle dont il entoure la taille de ses petits bras d'enfant. Gilles se baisse et le prend affectueusement dans ses bras le soulevant au niveau de son visage, et lui demande s'il va bien mais ne fait aucune allusion à l'agression qu'a subi Aurélia afin de ne pas raviver l'anxiété chez son petit neveu qui semble-il a disparu sous l'assistance médicale et affectueuse du Dr. Mélanie Bonardin, il s'approche ensuite de

---

[38]Un pédopsychologue est un médecin spécialiste en psychologie enfantine. Il aide l'enfant à gérer le stress, les traumatismes, et les conflits interpersonnels.

l'ambulance encore immobilisée sur la place et salut le Dr. Bonardin ainsi que le personnel médical toujours présent sur les lieux, les remercie pour s'être occupé de son petit neveu et tous deux réintègrent l'intérieur du drone. Gilles aide son petit neveu à s'installer à l'intérieur de l'appareil, l'assoit sur le siège passager et boucle la ceinture de sécurité, ensuite il s'installe à son tour aux commandes de l'appareil et boucle sa ceinture. Il s'agit d'un drone personnel et bien qu'ils soient destinés à remplacer les véhicules automobiles, seuls quelques rares habitants de la cité sont éligibles à en posséder un, dont Gilles, Robert, et leurs équipes, en dehors des services de secours et de ceux qui bénéficient d'une dérogation spéciale comme les services municipaux. Il ne s'agit pas de privilège, mais de problèmes techniques et sécuritaire liés à la circulation de ces drones au-dessus de la ville qui freinent, pour l'instant, l'accès de ces drones au grand public. Des études sont toujours en cours et l'un des problèmes majeurs qui se posent et qui n'ont toujours pas trouvé de solution, c'est : quelle sera la méthode la plus adaptée pour faire circuler tous ces drones au-dessus de la ville sans danger ? Bien sûr ils sont tous équipés de systèmes de sécurité très avancés, notamment ceux de présence et d'anticollision, mais il est évident que ce ne sera pas suffisant.

Gilles active le démarrage du drone puis celui-ci décolle dans un embrasement de lumières, atteignant rapidement l'altitude de vol autorisée en milieu urbain.

# Chapitre XXX

## L'admission d'Aurélia en soins intensifs

Lors de sa prise en charge par les spécialistes de l'hôpital, Aurélia a eu droit à un nouvel examen, visuel celui-ci, puis, elle a été immédiatement placée dans un caisson étanche semblable à celui du drone médicalisé mais de dimension supérieure et muni d'écrans et d'une vitre transparente qui permettent de la voir partiellement ou en totalité, une lampe surmontant la partie supérieure du caisson est allumée en permanence, pour l'instant elle est au rouge. Les appareils de survie, méticuleusement calibrés, surveillent chaque signe vital d'Aurélia. Les écrans affichent en temps réel son rythme cardiaque, sa pression artérielle et son taux d'oxygène, tandis que des perfusions administrant les médicaments nécessaires s'assurent que son corps reçoit tous les soins dont il a besoin pour se rétablir.

Le personnel médical, attentif et vigilant, surveille les données sur les moniteurs, prêt à intervenir au moindre signe de complication. Le Dr. Jérôme Luconian, le médecin en chef, dirige les opérations avec une précision et une assurance qui rassurent.

À l'extérieur de la salle de soins, Gilles et Olivier attendent avec impatience, leurs regards fixés sur les portes fermées. Robert, bien que fatigué, reste à leurs côtés, offrant soutien et réconfort. Il sait à quel point Aurélia est importante pour eux tous, et il est déterminé à rester fort pour sa famille, ses amis.

Après ce qui semble être une éternité, le Dr. Jérôme Luconian sort enfin de la salle, un sourire rassurant aux lèvres.

- Aurélia est stable, annonce-t-il, elle répond bien aux traitements, et nous sommes optimistes quant à sa récupération.

Un soupir de soulagement s'élève parmi les proches d'Aurélia. Gilles prend la main d'Olivier et la serre, tandis que Robert hoche la tête avec gratitude.

- Merci, docteur, dit-il, nous savons qu'elle est entre de bonnes mains.

Les jours suivants, Aurélia continue de montrer des signes de progrès bien que le coma artificiel soit maintenu afin de permettre à son corps de récupérer dans de bonnes conditions. Les appareils de survie, toujours connectés à elle, deviennent de plus en plus superflus à mesure qu'elle reprend des forces. Le personnel médical satisfait de son amélioration réduit progressivement les interventions, permettant à son corps de prendre le relais.

Deux jours se sont écoulés depuis qu'Aurélia a été admise aux soins intensifs. Les jours passent lentement, et l'état d'Aurélia continue de s'améliorer. Le témoin lumineux au-dessus du caisson est passé progressivement du rouge à l'orange, signalant au personnel médical présent sur place que son état général s'est amélioré et que son rétablissement est en bonne voie. Les médecins, rassurés par les progrès d'Aurélia, envisagent de la sortir des soins intensifs pour la placer dans une unité de soins intermédiaires.

Robert, quant à lui, passe chaque jour à l'hôpital, veillant attentivement sur Aurélia. Il se tient souvent près du caisson, lui parlant doucement même si elle est encore inconsciente, espérant que ses mots de réconfort l'atteignent d'une manière ou d'une autre. Ses efforts et son dévouement ne passent pas inaperçus, le personnel de l'hôpital le voyant comme un pilier de soutien dans cette épreuve. Les jours passent lentement, chaque minute, chaque heure semblant être une éternité pour Robert. Malgré la fatigue qui pèse sur lui, il continue à venir à l'hôpital, apportant avec lui un peu de réconfort et de familiarité autour du caisson où se trouve Aurélia. Ses mots doux et apaisants, bien qu'inaudibles pour le personnel soignant, sont imprégnés d'une sincérité et d'une affection profondes. L'équipe médicale, habituée à sa présence quotidienne, voit en Robert un exemple de dévouement et de loyauté. Les infirmières et les médecins respectent sa constance et apprécient sa discrétion et sa gentillesse. Ils savent qu'avoir un visage familier et aimant près d'Aurélia peut avoir un impact positif sur son rétablissement, même si cela semble invisible à l'œil nu.

Finalement, au bout de cinq jours de soins intensifs, le témoin lumineux surmontant le caisson étanche est passé de l'orange au vert, signalant au personnel soignant toujours présent, que le processus de régénération est terminé. De nouveau, la joie peut se lire sur les visages, cela signifie qu'Aurélia ne risque plus rien, que son état de santé s'est nettement amélioré et que sa guérison est en bonne voie.

Face à ces résultats encourageants, les spécialistes en soins intensifs décident de la transférer dans une chambre privée mais tiennent à ce qu'elle reste encore dans le caisson. Ainsi, celui-ci est déplacé avec précaution, et Aurélia installée dans un environnement plus confortable où le processus de réanimation est enclenché par l'équipe médicale…

À son réveil, elle est accueillie par le visage souriant de Robert, rempli de soulagement et de joie.

- Aurélia, tu es en sécurité maintenant, lui murmure-t-il, les larmes aux yeux. Tu es si forte. Nous avons tous prié pour toi, et maintenant te voila de retour parmi nous.

Aurélia, encore faible mais consciente de l'amour et du soutien de tous ceux qui l'entourent, hoche doucement la tête. Elle sait qu'elle revient de loin, mais avec

Robert, sa famille et ses amis à ses côtés, elle envisage cette nouvelle naissance avec défi, détermination, et courage.

À cet instant précis Robert ne pense qu'à une chose, serrer sa sœur dans ces bras, mais les spécialistes lui suggèrent d'attendre encore vingt-quatre heures, simple mesure de précaution avancent-ils. Aurélia, malgré ce que ça lui en coûte, fait signe qu'elle est d'accord à rester quelques heures de plus dans le caisson et précise à l'intention de Robert.

- Pense à activer le système médiatique afin que je puisse avoir de quoi lire, écouter de la musique, et visionner des films.

- Tous tes désirs seront exécutés, répond Robert, au comble de la joie.

À ce moment précis, entrent dans la salle stérilisée, Gilles et Olivier, qui sortent du sas de décontamination.

- Bonjour, Mamie, lance ce dernier, encore loin du caisson, je suis heureux que tu ailles bien et te fais un gros bisou à distance, j'ai déjà acheté ton cadeau de noël, mais je ne te dirai pas ce que c'est, c'est une surprise !

Gilles et Olivier se sont approchés du caisson où Aurélia doit encore passer quelques heures avant de sortir au grand jour.

- Bonjour, Olivier, mon petit ange, répond Aurélia, je suis heureuse de te revoir moi aussi, si tout continue à aller bien, nous aurons un très beau noël ensemble.

Gilles, tout en gardant un regard attentif sur Aurélia, esquisse un sourire et dit :

- Ma sœur, tu es d'une force incroyable. Nous avons tous hâte de célébrer noël avec toi. Les enfants ont même préparé quelques surprises pour toi. Aurélia, touchée par les mots de Gilles, répond avec douceur :

- Merci Gilles. Vous ne pouvez pas imaginer à quel point cela me fait chaud au cœur de savoir que vous êtes tous là pour moi. Je suis impatiente de voir ces surprises que vous m'avez réservées.

Olivier, les yeux pétillants de joie, s'approche un peu plus près du caisson.

- Grand-mère, tu sais que tout le monde dans notre quartier parle de toi et de ton courage. Ils t'admirent beaucoup !

Aurélia sourit en entendant les paroles de son petit-fils bien aimé.

- Merci, mon ange. Je suis tellement fière de vous tous et reconnaissante pour votre amour et votre soutien.

À ce moment précis, le médecin en chef, le Dr. Jérôme Luconian, entre dans la pièce avec un dossier médical à la main.

- Aurélia, dit-il en s'approchant, les derniers examens montrent que tu es sur la voie de la guérison. Nous allons te sortir de ce caisson bientôt, et tu pourras enfin retrouver ta famille et tes amis.

Un soupir de soulagement se fait entendre dans la pièce. Gilles et Olivier se regardent avec une joie non dissimulée.

- Nous allons te préparer une fête de noël inoubliable, ajoute Gilles.

Aurélia, émue aux larmes, hoche la tête.

- Je vous remercie tous du fond du cœur. Ce noël sera spécial, non seulement parce que nous serons ensemble, mais parce qu'il symbolisera un nouveau départ.

L'excitation et la joie emplissent la pièce alors que les préparatifs pour la sortie d'Aurélia continuent. Les heures restantes jusqu'à ce moment tant attendu passent rapidement, chaque minute rapprochant un peu plus Aurélia de sa famille et de la célébration de noël qu'ils attendent tous avec impatience.

Gilles, touché, posant doucement sa main sur la paroi du caisson, murmure à son intention :

- Nous sommes là, Aurélia. Tu n'es pas seule. Olivier, debout à ses côtés, acquiesce silencieusement, ses yeux brillants d'émotion.

Chapitre XXXI

La sortie d'Aurélia du caisson régénérateur

Le grand jour est enfin arrivé, et l'excitation est à son comble dans la salle de soins. Toute l'équipe médicale est présente, chacun ayant jouer un rôle essentiel dans le rétablissement d'Aurélia. Des soignants aux spécialistes en soins intensifs, tous ont contribué à cet instant tant attendu et tant espéré.

Gilles et Olivier avancent prudemment vers le caisson étanche prenant garde à ne pas gêner l'équipe médicale, leurs regards fixés sur Aurélia à travers la vitre transparente. Ils sont remplis d'espoir et d'inquiétude à la fois, impatients de voir leur sœur et grand-mère sortir enfin de ce caisson truffé de technologie et qui a permis que le miracle s'accomplisse. Leurs pas sont hésitants, mais leurs cœurs battent à l'unisson, unis par le souhait de voir Aurélia se rétablir pleinement. Robert se tient près du caisson, sa main délicatement posée sur la vitre transparente. Il discute avec Aurélia, tentant de tempérer son impatience.

- Aurélia ma chère sœur, tu as été incroyablement courageuse jusqu'ici, dit-il avec un sourire rassurant. Quelques minutes de plus, et tu seras enfin libre de quitter ce caisson.

Aurélia, bien que frustrée par l'attente, sent un profond réconfort dans les paroles de Robert. Elle sait qu'elle n'est pas seule, que chaque membre de l'équipe médicale, ses amis, sa famille, ont été à ses côtés tout au long de cette épreuve.

Enfin, le médecin en chef, le Dr. Jérôme Luconian, s'approche du caisson et hoche la tête en signe d'approbation.

- Nous sommes prêts à te sortir, Aurélia annonce-t-il d'une voix chaleureuse. Tu as fait des progrès remarquables, et il est temps de te permettre de retrouver la liberté.

Avec une précision méticuleuse, les soignants commencent à préparer le caisson pour l'ouverture. Le témoin lumineux, désormais en vert, indique que tout est en ordre. Robert reste à proximité, observant chaque étape avec attention.

Lorsque le caisson s'ouvre enfin, Aurélia frémit sous la vague d'air frais qui l'enveloppe. Les mains attentionnées des soignants l'aident à se redresser doucement.

Elle prend une profonde inspiration, savourant le moment tant attendu.

Les applaudissements retentissent dans la salle, les membres de l'équipe médicale et les amis d'Aurélia célébrant ce moment de triomphe. Aurélia, les yeux brillants de larmes de joie, regarde autour d'elle, se sentant submergée par l'amour et le soutien qui l'entourent.

Robert, les larmes aux yeux, s'approche et prend la main de sa sœur.

- Bienvenue dans le monde des vivants, Aurélia, dit-il avec un sourire radieux. Nous sommes tous très fiers de toi.

Aurélia, touchée par tant de sollicitude, serre la main de Robert.

- Merci à vous tous, murmure-t-elle. Je n'aurais jamais pu y arriver sans vous.

La salle résonne de joie et de gratitude, marquant le début d'un nouveau chapitre pour Aurélia, entourée de ceux qui l'ont aidée à traverser l'obscurité pour enfin retrouver la lumière.

## Chapitre XXXII

## La célébration de noël et du retour d'Aurélia

Nous sommes le 24 décembre 2126. Les habitants de Solara sont en train de fêter ensemble le réveillon de noël ainsi que le retour d'Aurélia au sein de leur communauté. La salle des fêtes de la cité est pleine à craquer, admirablement décorée pour l'occasion, des guirlandes scintillantes et des lumières colorées ornent chaque recoin, ajoutant à la magie de noël. Les tables sont garnies de délices festifs, et les rires et les discussions animées résonnent partout à la fois. Au centre de cette joyeuse célébration, Gilles, Robert, et Olivier sont installés à la table d'honneur, entourés de leurs proches, du maire actuel, et des officiels de la ville.

Aurélia, radieuse dans une robe élégante de couleur blanche agrémentée de délicates broderies argentées, avance lentement vers la table d'honneur. La robe, d'une simplicité raffinée, met en valeur sa silhouette gracieuse et accentue l'éclat de son sourire. Un diadème de fleurs blanches orne sa chevelure rousse, ajoutant une touche féerique à son allure.

Les regards se tournent vers elle avec admiration et affection. Gilles, Robert, et Olivier, assis à la table d'honneur, se lèvent pour l'accueillir, leurs visages illuminés de joie.

- Grand-mère, tu es magnifique, murmure Olivier, les yeux brillants de fierté.

Aurélia sourit, touchée par les mots gentils de son petit-fils.

- Merci, mon ange. Je suis si heureuse d'être ici avec vous tous pour célébrer ce noël.

Les invités se rassemblent autour de la table, impatients de partager ce moment spécial avec Aurélia et sa famille. Le maire, Hubert Rosanyo, prend la parole, levant son verre à la ronde

- Mes amis, ce soir, nous célébrons non seulement noël, mais aussi le retour d'Aurélia parmi nous. Sa force et son courage sont une source d'inspiration pour nous tous. À Aurélia !

Les convives lèvent leurs verres et un chœur de :

- À Aurélia ! À Aurélia ! À Aurélia ! résonne joyeusement dans l'assistance. Aurélia, les yeux humides d'émotion, lève également son verre.

- À vous tous, mes amis, ma famille. Merci pour votre amour et votre support, dit-elle avec une voix tremblante d'émotion. Votre soutien m'a permis de surmonter les moments les plus sombres de ma vie. Je suis reconnaissante de faire partie de cette communauté qui est devenue ma famille.

Les applaudissements redoublent, et Olivier, fier de sa grand-mère, se lève également pour l'applaudir. La fête se poursuit dans une ambiance de convivialité et de gratitude, chaque instant rappelant aux habitants de Solara la valeur de l'amour et de la solidarité.

Les invités dansent, échangent des histoires et savourent les délices culinaires préparés pour l'occasion. Olivier, ne quittant plus sa grand-mère d'une semelle, l'accompagne sur la piste de danse, créant des souvenirs inoubliables qu'ils chériront longtemps après cette soirée mémorable.

Aurélia sait que ce noël sera unique, non seulement pour elle, mais pour toute la communauté de Solara. Ensemble, ils ont surmonté les épreuves et retrouvé la joie et la lumière. Elle sourit avec émotion en voyant tant de visages familiers venus célébrer son retour. Olivier, assis à ses côtés, est tout aussi émerveillé par l'ambiance festive. Il tient fermement la main de sa grand-mère, conscient de la chance qu'ils ont d'être ensemble en cette nuit magique.

La soirée du réveillon approchait à sa fin quand les premières lueurs de l'aube commencèrent à poindre à l'horizon, baignées dans les éclats de couleurs des feux d'artifice qui marquent la fin d'une nuit de célébration et le début d'un nouveau jour. Les habitants de Solara, émerveillés par le spectacle pyrotechnique, se tiennent par la main, partageant un sentiment d'unité et de renaissance face au soleil levant.

Aurélia, entourée de ses proches, observe le ciel avec une profonde gratitude. Le souvenir des épreuves traversées s'efface peu à peu, laissant place à une sérénité retrouvée. Elle se tourne vers Robert, Gilles, et Olivier, ses yeux brillants d'émotion.

- Merci à vous tous. Sans votre soutien, je n'aurais jamais pu surmonter ces moments difficiles.

Robert, ému, répond :

- Aurélia, c'est toi qui nous a inspirés. Ta force et ton courage nous ont tous poussés à donner le meilleur de nous-mêmes. Cette communauté est plus forte grâce à toi.

Les habitants commencent à se disperser, chacun retournant à son foyer avec le cœur rempli de bonheur et d'espoir. La salle des fêtes se vide lentement, mais les échos de la soirée résonnent encore dans l'air. Les discussions animées, les rires et les chansons resteront gravés dans la mémoire de chacun.

Avant de quitter la salle, Hubert Rosanyo, le maire, prend Aurélia à part.

- Aurélia, dit-il doucement, grâce à toi, ce noël restera à jamais gravé dans l'histoire de Solara. Nous avons retrouvé non seulement la paix, mais aussi l'esprit d'entraide et de solidarité qui nous rend si forts.

Aurélia hoche la tête, touchée par ses paroles pleines de reconnaissance.

- Merci, Hubert, je suis fière de faire partie de cette communauté. Ensemble, nous pouvons surmonter n'importe quel obstacle.

## Épilogue

Les dernières notes de musique s'évanouissent dans le silence matinal, et la ville de Solara, baignée dans la douce lumière de l'aube, reprend son souffle après cette nuit magique. Les habitants de la cité savent dorénavant que, quoi qu'il arrive, ils peuvent compter les uns sur les autres pour construire un avenir meilleur. La lumière retrouvée de Solara brille désormais dans chaque cœur, un rappel constant de la force de l'unité et de l'espoir.

Aurélia, entourée de Gilles, Robert, Olivier, de ses proches, et de ses amis, est prête à accueillir ce nouveau jour plein de promesses, elle sait que cette nuit restera gravée dans sa mémoire et celle de toute la communauté comme un symbole de renouveau et de bonheur.

Alors que le soleil commence à se lever, ses rayons lumineux inondent la ville de Solara, révélant des paysages époustouflants baignés de lumière dorée. Les habitants, encore émus par les festivités de la veille, accueillent ce lever de soleil avec un sentiment de paix et de sérénité. Les rues sont calmes, mais l'énergie positive qui imprègne l'air est palpable.

De retour au domicile familial, Aurélia se réunit avec sa famille pour un petit-déjeuner copieux. Autour de la table dressée, ils partagent des rires, des souvenirs et des projets pour l'avenir. Les enfants, encore émerveillés par le spectacle de la nuit précédente, racontent avec enthousiasme les moments qui les ont le plus marqués.

Aurélia et ses frères discutent des prochaines étapes pour l'entreprise familiale. Ils envisagent de nouvelles initiatives basées sur la technologie lumineuse pour améliorer encore plus la qualité de vie des habitants de Solara. Ils parlent également de collaborations avec d'autres villes pour partager leurs innovations et inspirer des changements positifs ailleurs.

Alors que commence une nouvelle journée, Solara reprend vie avec une vigueur renouvelée. Les places et les parcs sont animés par des conversations joyeuses, des rires d'enfants, et des activités diverses. Les entreprises locales prospèrent, stimulées par l'enthousiasme collectif et l'espoir d'un avenir meilleur.

Dans toute la ville, les habitants se mobilisent pour transformer les idées en actions concrètes. Des groupes de volontaires se forment pour nettoyer les espaces publics, planter des jardins communautaires et organiser des ateliers de formation sur la technologie lumineuse.

L'esprit de solidarité et de collaboration est plus fort que jamais.

Solara a enfin retrouvé son âme !

Mais parmi la foule en liesse, un homme en retrait observe la scène, les bras croisés. Max, l'ancien militaire, reste vigilant. Il sait que même si cette bataille est gagnée, la guerre pour l'âme de Solara n'est pas terminée.

Soudain, un jeune homme fend la foule en courant et se précipite vers Hubert Rosanyo, haletant :

- Monsieur le maire, vous devez venir voir ça, une inscription a été laissée sur la façade du centre communautaire.

L'enthousiasme de la foule s'éteint peu à peu tandis que l'information se répand comme une traînée de poudre. Hubert Rosanyo descend de l'estrade, suivi d'un petit groupe de citoyens inquiets.

Sur le mur fraîchement repeint du centre communautaire, des lettres rouges dégoulinent sous la lumière des réverbères :

« Ce n'est pas fini ! »

Le silence tombe d'un coup. Certains échangent des regards nerveux. Hubert, lui, pose une main ferme sur l'épaule du jeune homme et déclare d'une voix assurée :

- Alors nous continuerons.